Ernst Willkomm

Am grünen Tische

Vier Criminalgeschichten

Ernst Willkomm

Am grünen Tische
Vier Criminalgeschichten

ISBN/EAN: 9783743651661

Hergestellt in Europa, USA, Kanada, Australien, Japan

Cover: Foto ©Andreas Hilbeck / pixelio.de

Weitere Bücher finden Sie auf **www.hansebooks.com**

Inhalt.

einbeten Nachbarn . . . . .

jängnißvolle Schmuck . . .

Die verfeindeten Nachbarn.

I.

„Das klang ja wie ein Ruf nach Hilfe," sprach der Ortsrichter, von den Papieren aufblickend, die vor ihm lagen und die er durchzusehen hatte. Er wendete horchend den Kopf dem nahen Fenster zu, dessen Laden geschlossen war, und an welchem der heftige Wind rüttelte. Der vernommene Ruf wiederholte sich nicht, dagegen ließ sich jetzt Hundegebell hören, und gleich darauf dicht vor der Thür lautes Schluchzen.

Der Richter schob die vor ihm liegenden Papiere zurück und zog die nach Innen sich öffnende, mit einem Gewicht versehene Thür rasch auf. Der Schein des Lichtes aus der Stube fiel auf ein junges Mädchen von schlankem Wuchse und hübschen Zügen.

„Du bist es, Rose?" sprach er verwundert. „Und in Thränen? Was gibt es denn?"

Der Richter faßte die Hand des Mädchens und führte sie in's Zimmer.

1*

„Mein Gott," fuhr er fort, „wie siehst Du denn
aus? Hast Du einen unglücklichen Fall gethan?"

Rose zitterte und schluchzte noch immer. Sie trock=
nete sich mit ihrer Schürze das Blut ab, das aus einer
starken Schramme von der Stirn über die blühenden
Wangen herablief.

„Ich halt' es nicht mehr aus, Pathe!" sagte sie jetzt
hastig. „Ihr müßt ein ernstes Wort mit dem Vater
reden, sonst gibt es noch ein Unglück!"

Das Gesicht des Richters, dessen Züge Stolz und
Härte ausdrückten, wurde sehr düster bei dieser Aeuße=
rung des Mädchens.

„Hat Dich der Vater wieder geschlagen, weil Du
auf Ordnung siehst?" sprach er. „Dann wird man ihn
auf andere Weise, wie neulich, zur Raison bringen müssen!
Ich halt' ihm Wort, wie ich gedroht, und ich thu' ihm
die Schande an vor der ganzen Gemeinde, so wahr mein
Name Conrad Bühl ist!"

Er legte die geballte Faust auf die Gemeinderech=
nungen, daß das Papier unter dem Drucke derselben
knitterte, und sah Rose nichts weniger als mild oder be=
sonders mitleidig an.

„Erzähle!" rief er befehlshaberisch, da das Mädchen
schwieg und noch immer bemüht war, das aus ihrer Kopf=
wunde träufelnde Blut abzutrocknen.

„Der Vater verlangte zu trinken und —"

„Und er ist schon voll, daß er überläuft, nicht wahr?" fiel Conrad Bühl ein.

Rose brach in lautes Weinen aus. Der Richter raffte ärgerlich die Papiere zusammen, verschloß sie in einen Wandschrank, steckte den Schlüssel zu sich und griff nach seinem Stocke.

„Du bleibst hier, Rose!" sprach er mit einer Stimme, die keinen Widerspruch vertrug. „Meine Frau kommt auf der Stelle; der kannst Du Dein Herz ausschütten. Ich werde jetzt 'nüber gehen und mit Deinem Vater reden."

„Herr Pathe Richter," erwiederte Rose, den ent= schlossenen Mann zurückhaltend, „schimpft ihn nur ja nicht aus! Das verträgt er heute gar nicht, am wenig= sten von Euch! Er hat Unglück gehabt und dann ist schwer mit ihm verkehren."

Bühl lachte, schüttelte die Hand des Mädchens ab und verließ das Zimmer.

Auf der Flur begegnete ihm seine Frau.

„Ich höre, die Rose ist wieder da?" fragte sie ihren Mann. „Die hat aber auch ewig zu lamentiren!"

„Sie sitzt oder steht brinn in meiner Stube," er= wiederte der Richter. „Rede ihr vernünftig zu, aber sei freundlich. Das arme Kind hat ein schweres Kreuz zu tragen. In einer Viertelstunde bin ich wieder da."

„Wo willst Du hin? Doch nicht zum Schmiedebauer?"

„Zu Michel Jürgen gehe ich, und jetzt gleich. Er hat das Mädel in seiner Wildheit blutig geschlagen, und sie ist ihm entlaufen. Ich will nicht, daß der Mann ein Todtschläger wird, der in jungen Jahren mit mir die gleichen Wege wandelte!"

Vor diesen Worten verstummte Johanna und sah sinnend vor sich nieder. Conrad Bühl ging über die lange, dunkle Flur, ohne sich weiter um seine Frau zu kümmern, stieg die sechs oder sieben steinernen Stufen hinab, die von dem etwas hoch gelegenen Hause auf die Straße führten, und schritt dann gerade aus nach einer Reihe hoher Pappeln, deren Wipfel im Winde rauschten. Hinter denselben lag ein lang gestrecktes Haus mit großem Vorbau. In diesem glühte ein sprühendes Kohlenfeuer, und die wuchtenden Hammerschläge, welche daraus hörbar wurden, kündigten es Jedermann als die Behausung eines viel beschäftigten Schmiedes an.

Der Richter schritt seitwärts an den Fenstern der Schmiede vorüber. Hinter dem Hause senkte sich der Weg in eine ziemliche Tiefe hinab, durch die ein starker Bach rauschte. Ein Steg ohne Lehne, der unter jedem Tritte schwankte, führte über den Bach. Diesen überschritt Conrad Bühl, und gelangte darauf in einen umhegten Obst= garten, an dessen oberem Ende, wieder etwa einige zwanzig

Fuß höher, ein Bauernhof sichtbar ward. Nach diesem
Gehöft ging der Richter. Es war die Wohnung und
das Eigenthum des Schmiedebauers, dessen Tochter Schutz
bei ihm gesucht hatte.

Mit den Localitäten bekannt, ging Conrad Bühl ge=
raden Wegs nach der Wohnstube. Hier fand er Michel
Jürgen auf einem Schemel am Tische sitzend, sein stark
geröthetes Gesicht auf beide untergestemmte Arme gestützt.
Vor ihm stand ein Glas und eine leere Flasche. Als er
den Eintretenden hörte, dem er den Rücken zukehrte, sprach
er mit heiserer, unsicherer Stimme:

„Na, hast' Dich besonnen? Komm her, Mädel, und
gib mir die Hand! Wir wollen uns wieder vertragen.
Aber nicht wieder gemuckst, sonst —"

Eine schwere Hand fiel unsanft auf die Schulter des
Berauschten und ließ diesen seine Rede nicht beendigen.

„Michel Jürgen," sprach der Richter Bühl, „wenn ich
Dich arretiren und einstecken lasse, so thu' ich ein gutes
Werk. Schämst Du Dich denn auch nicht mehr vor
Deinem eigenen Kinde?"

Der Bauer wollte aufstehen, aber Bühl drückte ihn
mit starker Faust nieder auf den Schemel.

„Nicht von der Stelle, Unverbesserlicher!" rief er ihm
zu. „Du sollst mich anhören und thun, was ich Dir be=
fehle! So viel Verstand hat Dir der Branntwein noch

übrig gelassen, daß Du mich verstehen kannst. Ich will auch verständlich reden, wie Du's brauchst."

Der Berauschte hob drohend die Faust, knirschte mit den Zähnen und sah den Richter mit feindseligen Augen an.

„Wenn Du Dich unterfängst, Deine Tochter auch nur mit hartem Finger noch einmal zu berühren," sprach Conrad Bühl, „so lasse ich Dich am hellen lichten Tage zwei Stunden lang in den Stock setzen! Verstanden?"

„Nimm Dich in Acht!" murmelte Jürgen.

„Willst Du mir vielleicht den rothen Hahn auf's Dach setzen?" lachte der Richter. „Du würdest Dir damit nur Vorfeuer zur Hölle für Dich selber anzünden."

„Es muß Einer grundschlecht sein, der mir so 'was Niederträchtiges zutraut," sprach der etwas ernüchterte Bauer höchst verächtlich.

„Du hast vergangenes Frühjahr Deine Frau in's Grab geärgert, Jürgen, und nun schlägst Du die Tochter, daß sie blutend und hilferufend in die Nachbarschaft läuft! Und weshalb? Weil sie Dir das vermaledeite Trinken abgewöhnen will!".

„Wer ist Schuld, daß ich trinken muß?"

„Dein unversöhnliches Herz," sagte der Richter.

„Dich verklage ich Oben, Dich Conrad, wenn ich in Sünden hinfahre!" grollte der wüste Bauer.

„Ich spotte Deiner Drohung," erwiederte der Richter, „denn ich habe mir nichts vorzuwerfen."

„Nichts vorzuwerfen!" wiederholte Jürgen, die steifen Hände ineinander faltend, und seine rollenden Augen zum Himmel erhebend. „Ohne Deine Schlechtigkeiten wäre ich glücklich geworden. Du hast mich wild gemacht, meinen Wohlstand vernichtet, mir die Ruhe geraubt. — Ich hasse Dich!"

„Eine längst bekannte Sache," sprach der Richter. „Gott sei Dank, so bekannt, daß jedes Kind darum weiß. Du stehst Dir deshalb nur im Lichten, wenn Du mich offen oder geheim mit Deinem Hasse verfolgst! Ich will Nachsicht mit Dir haben, wie ich Dir versprach; ich werde Dich nicht drängen, Dir in Nichts hinderlich sein. Aber ein Mensch sollst Du bleiben, und das Mädel, an dem kein Tadel zu finden, ungeschoren lassen!"

„Ich lasse mich von meinem eigenen Kinde nicht betrunken schelten!"

„Rose hat die Wahrheit gesprochen."

„Und wär' es hundert Mal wahr, ich duld' es nicht!" schrie der Bauer erbittert.

„Hat sie es gesagt?"

„Sie that's, that es, bis ich sie faßte und aus dem Hause warf!"

„Versprich mir, daß Du Rose wieder aufnehmen und

sie nicht wieder schlagen willst, und laß das sinnlose Trinken sein!"

Der Schmiedebauer schüttelte sein wirres Haar, dann sagte er halb lächelnd:

„Daß ich ein Narr wäre! Meinen Versprechungen hab' ich all das Elend zu verdanken, das mich nieder= drückt. Und Du verstehst es, Vortheile aus anderer Leute Reden zu ziehen."

„Denke an meine Worte, Jürgen," sagte der Richter, „sie sind ehrlich gemeint!"

„Ich will Herr sein in meinem Hause!"

„Es ist nicht Dein, Du weißt es! Wenn ich sage: steh' auf und geh', so mußt Du hinaus!"

„Nach dem Recht, nicht wahr, Conrad?"

„Nach dem geschriebenen und gedruckten Recht!"

Michel Jürgen lachte.

„Gut," versetzte er, „nun weiß ich, wozu das Trinken hilft. Guten Abend, Herr Richter! Kommt bald wieder, wenn's Euch paßt! Dem Mädel aber, Eurer Pathe, dem gebt für diese Nacht Quartier bei Euch! Es könnte mir in den Fingerspitzen jucken, wenn sie mir heute noch ein= mal unter die Augen träte, und das wäre nicht gut für uns Beide."

„Ich spreche morgen weiter mit Dir, dann begreifst Du mich vielleicht besser!"

Er kehrte dem Bauer den Rücken und schritt nach der
Thür. Michel Jürgen sah ihm wüthend nach, und als
die Schritte des Fortgehenden auf der Hausflur verhall=
ten, streckte er nochmals die geballte Faust nach ihm aus
und rief:

„Warte, warte, Du Satan, ich mache mich schon noch
bezahlt für Deine schuftigen Liebes= und Freundschafts=
dienste!"

Dann ließ er den schweren, schwindelnden Kopf auf
die untergelegten Arme sinken und ward alsbald von
festem, nur nicht von erquickendem Schlafe befallen.

II.

Conrad Bühl hatte die letzten Worte des Erzürnten
gehört, beunruhigen jedoch konnten sie ihn nicht. Der
Richter glaubte den Mann, der sie sprach, hinlänglich zu
kennen, um sie so ganz und gar unbeachtet lassen zu
dürfen. Der ehemals wohlhabende Bauer flößte ihm
schon seit Jahren Widerwillen ein. Früher, als er noch
nicht trank, hatte er ihn wohl bemitleidet, seit aber
Jürgen diesem Laster sich hingab, mochte er nichts mehr
von ihm wissen. Er gab ihn auf und er würde wahr=
scheinlich leichter aufgeathmet haben, hätte man ihn eines

Tages mit der Nachricht überrascht, der Schmiedebauer
sei des Nachts im oder außer dem Hause zu Tode ge=
kommen. Verdrießlich besonders war es für Bühl, daß
er in seiner Eigenschaft als Richter dem unglücklichen
Nachbar nicht immer durch die Finger sehen konnte. Im
Rausche fing Jürgen gern Streit an, und da er leicht
heftig ward und stets Recht behalten wollte, so gab es
unangenehme Auftritte, die sogar einige Male zwischen
den Streitenden zu Thätlichkeiten geführt hatten.

Schlimmer noch gestaltete sich das Leben im Hause
des Schmiedebauers. Hier vertrug Jürgen vollends keinen
Widerspruch. Sein Wille nur sollte maßgebend sein,
ein Befehl von ihm von Jedermann beachtet werden.
Weil dies aber ein unmöglich durchzuführendes Verlangen
war, erzürnte sich der erhitzte und seines Verstandes nicht
immer ganz mächtige Bauer mit seinen Untergebenen, so
daß diese aus dem Dienste gingen, und die Wirthschaft
auf Jürgens Hofe bald allerwärts in Verruf kam. Nie=
mand wollte bei dem zänkischen Trunkenbolde dienen,
Unordnungen aller Art stellten sich ein, und anstatt seine
Verhältnisse zu verbessern, kam er zurück. Darüber grämte
sich Jürgen's Frau, der nie besonders fest gewesene häus=
liche Friede hatte ein Ende, und es bedurfte eben keiner
großen Prophetengabe, um der ganzen Familie des Schmiede=
bauers ein trauriges Ende vorher zu sagen.

Conrad Bühl sah diesem Verfall des Nachbars mit einiger Unruhe zu, da er sich selbst nicht von aller Schuld an diesen betrübenden Zuständen freisprechen konnte. In der Jugend waren beide Männer Freunde und Genossen gewesen, erst die Verheirathung Bühl's trennte sie für immer. Die jetzige Frau des Richters hatte Michel Jürgen schon für seine Braut gehalten, als Conrad sie ihm ganz in der Stille abspenstig machte. Es war nicht Liebe, was Johanna zu Bühl zog, sondern einzig und allein die gewisse Aussicht, daß dieser mit der Erwerbung des seinem Onkel gehörigen Gutes zum Richter des Ortes ernannt werden würde. Bühl war ein klarer Verstand und eignete sich sehr gut für ein solches Amt, Eins aber fehlte ihm gänzlich, was der Richter, will er gerecht sein, gerade gar nicht entbehren kann — Herz. Gegen den Buchstaben des Gesetzes verstieß Conrad Bühl sicher nie; wen er in Strafe nahm, der hatte sie gewiß dem ge= schriebenen Buchstaben nach verdient, und dennoch beging er häufig Unrecht, da er nie auf die Motive einer an sich tadelnswerthen und straffälligen Handlung Rücksicht nahm.

Michel Jürgen konnte es Wochen lang nicht fassen, daß Johanna, die sich ihm doch verlobt hatte, nun dem Freunde angehören wolle. Er sprach es offen aus, daß Conrad ihn betrogen habe und daß es schlecht von ihm sei, ihm die Braut abspenstig zu machen. Michel Jürgen liebte diese Johanna aufrichtig und leidenschaftlich, und er fühlte sich grenzenlos unglücklich, als sie ihm verloren ging. Er wollte sich aber nicht schwach zeigen. Darum suchte er sich ein anderes Mädchen aus und ehelichte dies noch eher als Bühl der treulosen Johanna die Hand reichte.

Leider war die so rasch geschlossene Ehe des heftigen, leidenschaftlichen Bauers nicht glücklich. Beide Gatten verstanden einander nicht und gaben einander nicht nach, weil die wirkliche Zuneigung fehlte. Es war eine Con= venienzheirath, die sie geschlossen hatten, und solche Hei= rathen taugen unter Landleuten noch weit weniger als bei den Vornehmen, die wenigstens durch äußere Glätte der Umgangsformen und durch die Stichworte der Sa= lonbildung die bösen Wetter zu beherrschen verstehen, die im verschlossenen Herzen sich bilden und oft genug unbe= merkt Schaden stiften.

Es hätte nun freilich Michel Jürgen Genugthuung gewähren können, daß auch Conrad Bühl's Ehe keine glückliche war. Diese Entdeckung machte aber gerade den entgegengesetzten Eindruck auf sein tief fühlendes Herz. Ihn schmerzte es, daß Johanna an Bühl's Seite un= glücklich geworden war. Wie gern hätte er sich jetzt noch von seiner kalten Frau scheiden lassen und die erste Ge= liebte, die er nie aufgegeben, in sein Haus genommen!

Ob Johanna ähnliche Gefühle und Gedanken hegte, konnte Jürgen nicht ermitteln. Sie schwieg vorsichtig gegen Jedermann und gab Bühl keinen Anlaß zu der geringsten Unzufriedenheit.

Aus der übereilt geschlossenen Ehe des Schmiedebauers erblühte diesem ein einziges Kind, Rose. Johanna gebar Conrad ein Zwillingspaar, einen Sohn und eine Tochter, die Beide am Leben blieben. Diese Zwillinge waren ein Jahr älter als Rose.

Anfangs lebten die beiden früheren Genossen neben einander fort, ohne daß Reibungen zwischen ihnen vorfielen. Auch die Kinder kamen in nachbarlicher Weise mit einander zusammen zu Spiel und Scherz. Als aber das häusliche Unglück Jürgen aus seiner Behausung trieb und die Wirthschaft den Krebsgang ging, trat alsbald eine Spannung zwischen den Nachbarn ein.

Bühl als Richter war gezwungen, dem Schmiedebauer Verwarnungen und Verweise zugehen zu lassen, und da er es nicht für gut hielt, wenn die gegenseitigen Kinder oft mit einander verkehrten, so suchte er diesen Verkehr möglichst zu beschränken. Gerade dies aber reizte Jürgen, um so mehr, als Rose die Pathe des Richters war. Es fielen harte, beleidigende Worte zwischen den Männern, und es kam nur deshalb zu keiner offenen Feindschaft, weil Bühl sich des Bedrängten, durch seinen Lebenswandel

Zurückgekommenen in einer Weise annahm, welche dem gänzlichen Ruine des Schmiedebauers vorbeugte.

Für diesen Dienst beanspruchte Bühl den Dank des früheren Genossen, allein dieser lohnte ihm mit der ent=schiedensten Verachtung. Er sah ein, daß die Hilfe des Richters eine höchst eigennützige gewesen sei, die ihn un=ter Umständen von Haus und Hof vertreiben könne. Das konnte er dem stolzen Manne nicht vergeben. Er rächte sich durch allerhand anzügliche Reden, untergrub, so weit ihm Gelegenheit dazu geboten war, den guten Ruf seines Feindes, und verfiel, um sich die Grillen zu verjagen, dem unseligen Laster des Trunkes.

Diese traurige Gewohnheit verschlimmerte sich nach dem Tode seiner Frau, die weniger Gram als Galle früh unter die Erde gebracht hatte. Von da an vertrug sich Michel Jürgen auch nicht mehr mit seiner Tochter; es gab täglich Streit zwischen dem Vater und Rose, der dann schließlich in verletzende Mißhandlungen ausartete. So standen die Sachen bei dem eben mitgetheilten Vorfalle. Rose, die sich nach und nach von ihrem Schrecken er=holte, wartete die Rückkunft ihres Pathen in dessen Stube ab. Johanna forschte das Mädchen über den ärgerlichen Vorfall aus, um die eigentliche Veranlassung des Streites zu erfahren, Rose blieb aber sehr einsylbig und ließ sich jedes Wort abfragen.

„Du verheimlichst mir etwas," sprach Johanna, das Mädchen schärfer ansehend. „Dein Vater ist mit Deinem Benehmen nicht zufrieden, und Du hast ihn durch Widerspenstigkeit erzürnt."

„Soll ich mich ruhig schlagen lassen?" versetzte Rose.

„Kinder müssen nachgiebig sein."

Rose fing an zu weinen.

„Der Vater haßt mich," sagte sie fröstelnd.

„Rose, versündige Dich nicht!" erwiederte Johanna. „Dein Vater ist ein sehr unglücklicher Mann, und er mag gegen mehr als Einen Groll hegen, sein einziges Kind aber haßt er nicht. Dazu besitzt er ein zu weiches Herz."

Rose schwieg. Sie hörte die Stimme ihres Pathen und wollte nicht, daß dieser Zeuge ihrer Unterhaltung mit seiner Frau werde. Der finstere Blick des Richters ließ sie errathen, daß dessen Unterredung mit ihrem Vater nicht eben sehr angenehm gewesen sein möge.

Bühl warf seinen Stock ärgerlich in den Winkel und setzte sich der Pathe gegenüber an den Tisch.

„Du bleibst die Nacht hier," sprach er barsch, „sonst könnten wir morgen einen Criminalfall in der Chronik zu verzeichnen haben. Michel ist rein toll. Gott verzeih' mir's, aber ich wünschte wahrhaftig, unser Herrgott hätte ein Einsehen und nähm' ihn zu sich! — Sieh' mich dieses unchristlich klingenden Wunsches wegen nicht so scheu an,

Rose! Ich mein' es gut, absonderlich mit Dir. So lange
der da drüben lebt, wie er lebt, kriegst Du keinen Mann.
Wer möchte auch einen solchen Ausbund von Untugenden
zum Schwiegervater haben!"

Ueber die Wangen des Mädchens lief eine dunkle
Röthe, während sie verstohlene Blicke nach ihrem Pathen
warf. Dieser fuhr fort:

„Morgen will ich Deinen Vater noch einmal in's
Gebet nehmen. Vielleicht gelingt es mir, wenn er nüch=
tern und matt vor mir steht, und selber fühlt, wie er
sich durch sein Leben ruinirt, ihn auf bessere Gedanken
zu bringen. Ich gehe wenigstens nicht wieder von ihm,
bis er mir hoch und heilig gelobt hat, keine Hand mehr
gegen Dich zu erheben."

Auch zu diesen Aeußerungen schwieg das junge Mäd=
chen. Bühl war dies ganz recht, denn er hätte sich der
unangenehmen Aufgabe, die sein Amt ihm auflegte, gern
entzogen. Eine weitere Darlegung dessen, was er zu
thun gedachte, konnte unterbleiben; jedenfalls war er nicht
gehalten, der Tochter gleichsam Rechenschaft darüber ab=
zulegen.

Bühl's Tochter, Elise, die bisher in dem großen
Hauswesen beschäftigt gewesen war, trat jetzt in das
Zimmer. Sie wußte um das Geschehene, dennoch stellte
sie sich verwundert, Rose bei den Aeltern zu finden.

Diese Verwunderung gab sie durch einige Worte zu er=
kennen. Bühl herrschte sie heftig an:

„Du thust, was ich befehle!" sprach er. „Rose ist
mein Gast, und wenn Dir das nicht gefällt, so kann sie
von Deinem Teller essen. Wo bleibt Jacob?" „Er ist
schon vor Dunkelwerden ausgegangen," sagte die Mutter.

„Ohne mich zu fragen? Soll er ins künftige blei=
ben lassen! Wohin?"

„Zum Schleifer."

„Was will er da?"

„Die beiden neuen Aerte wollte er schärfen lassen,
die Du vom letzten Markte mitgebracht hast."

„War ganz unnöthig — hätt' sie selber scharf ge=
macht. Der Schleifer ist lieberlich, wie — na Du ver=
stehst mich! Auch könnte er schon längst wieder da sein,
wenn er nicht Gesellschaft gefunden hätte."

„Jacob wird uns keine Schande machen," sagte Jo=
hanna begütigend.

„Wollt' es ihm auch nicht rathen!" versetzte Bühl
drohend. „Wenn mir ein Kind aus der Art schlägt, so
weis' ich's hinaus, und nicht ich werde es wieder auf=
fordern, hereinzukommen und sich an meinen Tisch zu
setzen. Will das dem Jungen doch heute noch zu Ge=
müthe führen, damit er es sich hinter die Ohren schreibt
vor Schlafengehen und von morgen an sich darnach richtet!"

2*

Elise trug mürrisch das Abendessen auf, und als
wolle sie zeigen, daß ein bloßer Wunsch ihres Vaters ihr
schon Befehl sei, nahm sie ihren gewohnten Platz am
Tische wirklich nicht ein, sondern überließ denselben der
geflüchteten Rose. Johanna seufzte über diesen Trotz der
Tochter, Bühl dagegen lachte und warf den Kopf nur
noch trotziger in den Nacken.

III.

Michel Jürgen fuhr, aus wüsten Träumen aufschreckend,
mit lautem Gestöhn von seinem Schemel empor. Das
vor ihm stehende Licht war tief in den Leuchter hinein-
gebrannt und dunstete. Er mußte sich besinnen, ehe er
vollkommen zu sich kam. Dann dehnte er sich, daß die
Glieder knackten, stieß abermals stöhnende Laute aus und
ließ sich wieder auf den Schemel sinken. Die Wanduhr
schlug die zehnte Stunde. Draußen auf dem holprigen
Pflaster hörte Jürgen vorsichtige Schritte. Sie kamen
näher und nun klopfte es ans Fenster. Gleichzeitig rief
Jemand seinen Namen.

Der Schmiedebauer ergriff das Licht, streifte den langen Docht ab und näherte sich dem Fenster. Ein ge-
bräuntes, jugendliches Gesicht lag dicht an die Scheiben

gebrückt. Es ähnelte dem des Richters, nur daß es jünger war und keine so harten Züge hatte.

„Jacob!" sprach Jürgen, überrascht vom Fenster zu= rücktretend, als habe er einen Geist gesehen.

Der Sohn des Richters aber wiederholte sein Klopfen und fragte, ob er eintreten dürfe.

Michel Jürgen gab keine Antwort. Er hielt das Licht hoch, als wolle er sich überzeugen, daß Niemand außer ihm zugegen sei, ging dann aus der Stube und öffnete die übrigens nicht verschlossene Thür. Vor der= selben fand er bereits Jacob Bühl, zwei blank geschliffene scharfe Aexte in der nervigen Hand.

„Was willst Du?" sagte der erschöpfte, noch immer von dem übermäßig genossenen Getränk schwindelnde Bauer.

„Euch Gesellschaft leisten," erwiederte Jacob. „Wie ich erfahren habe, seid Ihr ja allein und da es meinem Vater beliebt hat, mich auszuschließen, weil ich ohne zu fragen einen Gang zum Schleifer machte, so muß ich doch anderswo nächtigen."

„Dein Vater ist ein böser Mann," brummte Jürgen, dem voranschreitenden Jünglinge ins Wohnzimmer folgend.

„Böse? O nein, aber hart, hart wie altes Eichen= holz oder wie gehärteter Stahl," erwiederte Jacob, die

Aerzte auf die Bank an der Wand legend und sich da=
neben setzend. „Mich hungert, habt Ihr nichts zu essen?
Ich will Euch zum Dank auch 'was Neues erzählen."

Der Schmiedebauer holte Brod und Butter nebst ge=
räuchertem Schinken und setzte Alles dem späten Gaste vor.

„Zu trinken hab' ich nichts als Wasser und Milch,"
sprach er mürrisch. „Laß es dir schmecken!"

Jacob langte tüchtig zu. Er aß eine Zeit lang,
ohne zu sprechen, dann richtete er an den stier vor sich
hinsehenden Bauer die Frage:

„Habt Ihr Rose wirklich geschlagen, Vater Jürgen?"

„Gestoßen hat sich das Mädel, als ich sie aus der
Thür warf."

„Sie hat Euch beim Vater verklagt, nicht wahr?"

Jürgen drohte mit der Faust nach der Gegend, wo
Bühls Besitzthum jenseit des Baches lag. „Er hüte sich
— Dein Vater!"

„Ihr müßt deßhalb nicht böse sein, Vater Jürgen,"
fuhr der junge Mann fort. „So schlimm meint es der
Vater nicht, wenn er auch wie ein Bär brummt. Ich,
seht Ihr, ich mach' mir gar nichts aus seinem Gelärm.
Er hat mir vom Kammerfenster herunter die Leviten ge=
lesen, daß mir die Ohren klangen, und trotzdem lache
ich und mein Appetit kann nicht besser sein. In seinem
Zorn hat er mich zu Euch verwiesen und weil ich ge=

horfam sein wollte, sitze ich hier. Da soll er mich morgen selber abholen."

„Morgen!" sagte Jürgen. „Das gibt kein gutes Wiederfehen!"

„Laßt das meine Sorge sein, Jürgen," fuhr Jacob fort, „aber Ihr müßt mir beistehen."

„Ich? Mein Wort gilt nichts mehr."

„Ihr habt eine hübsche Tochter."

„Wollt', sie wäre im ersten Bade erstickt!"

„Dann lägt Ihr selber längst schon sechs Fuß unter der Erde."

„Das beste Himmelbett für einen Unglücklichen."

„Jürgen, ich will Euch helfen," sagte Jacob zuversichtlich.

„Meinst es gut, hast nur keine Macht, Jacob! Dein Vater will, daß ich zu Grunde gehen soll."

„Wenn ich Rose heirathe, denkt er nicht mehr daran."

Der Schmiedebauer stand auf und sah dem Sohn des Richters sehr ernst ins Auge.

„Weißt du denn, ob ich meine Einwilligung dazu gäbe?" sprach er mißmuthig.

„Ich bin Rose von Herzen gut und Rose mag mich leiden," erwiederte Jacob. „Ich erbe eines Tages das Gericht und bin ich erst volljährig, so muß es mir der Vater abtreten, auch wenn er keine Lust dazu hätte. Das steht in seinem Kaufbriefe."

„Und wenn ich Ja sagte, Conrad, Dein Vater würde Nein schreien, daß man's drüben über den Bergen hörte."

„Ich werd' es verhindern, versprecht Ihr nur, daß Rose mein Weib werden soll!"

Michel Jürgen war unschlüssig. Der Schwiegersohn wäre ihm wohl recht gewesen, aber er fürchtete nicht ohne Grund den Stolz des Richters, der sich einem solchen Plane aller Wahrscheinlichkeit nach energisch widersetzen würde, und obwohl langes Denken schon längst nicht mehr seine starke Seite war, erschrak er doch fast über den kühnen Gedanken des jungen, noch nicht neunzehnjährigen Burschen.

„Dein Vater kann dich auch enterben," sagte er kleinmüthig.

„Wenn das Abkommen im Kaufbriefe nicht getroffen wäre, thäte er's wohl, so aber kann er nicht. Er hat sich selbst damit die Hände gebunden. Weil ich dies nun weiß und Eure Tochter liebe, will ich den Vortheil benutzen und hier in diesem Hause wieder Frieden stiften. Rose wird mich nicht abweisen."

Der Schmiedebauer ward nachdenklich. Es wollte ihm doch scheinen, als könne dieser Vorschlag ein Mittel werden, sich selbst wieder aufzuraffen. Ward Bühl genöthigt, seinem Sohne die Einwilligung zur Verheirathung mit Rose zu geben, so fielen die Verpflichtungen,

welche er gegen den strengen Richter zu erfüllen hatte,
in sich selbst zusammen. Es kam in diesem Falle wenig
darauf an, ob der Hof, der ihm zur Zeit nur noch dem
Namen nach gehörte, später wirklich ganz und gar in
den Besitz Bühls überging. Der Schwiegersohn vertrieb
ihn — das wußte Jürgen — nicht aus diesen Räumen.
Wurden aber die Quellen des Unglücks verstopft, dem
sein wüstes Leben entsprang, so durfte er sich auch Hoff=
nung machen, im Hinblick auf das Glück seiner Kinder
selbst wieder Kraft über sich zu gewinnen.

„Meinst Du's ehrlich mit meinem Kinde," sagte Jürgen
nach einer Weile, „so will ich Dir nichts in den Weg legen."

„Topp!" rief Jacob.

Der Bauer schlug kräftig ein.

„Ihr erlaubt, daß ich thue, was ich für nöthig er=
achte, wenn mein Vater nicht gar zu große Augen machen
soll? Fort mit dem zerbrechlichen Zeuge da! Ich darf doch?"

Er wartete die Antwort des überraschten Jürgen
nicht ab, sondern raffte die leere Flasche und das da=
neben stehende Glas vom Tische, öffnete das Fenster und
schleuderte beide aufs Pflaster, wo sie klirrend zerbrachen.

„Gute Nacht, Vater Jürgen," sagte Jacob darauf,
ihm die Hand reichend. Jetzt ist ein Anfang gemacht;
es kommt nun Alles auf den Fortgang an. Ich gehe
nach dem Pferdestalle und will mir über Nacht über=

legen, wie ich dem Vater meine Absicht am besten bei=
bringen kann."

IV.

Die unerwartete Eröffnung des jungen Bühl machte
einen tiefen Eindruck auf den Schmiedebauer. Es war
ein Fingerzeig des Himmels, dem er folgen mußte. Noch
während der Nacht faßte Jürgen die besten Vorsätze und
was lange nicht mehr vorgekommen war, schon bei Sonnen=
aufgang verließ er den stark vernachlässigten Hof und ging
aufs Feld, um sich doch hier auch wieder einmal um=
zusehen.

Jacob blieb ruhig auf dem Hofe. Er that, was
einem verständigen Knechte zu thun obgelegen hätte und
machte dann einen Rundgang durch die Gebäude, so weit
sie offen standen. Es war kein erfreulicher Anblick, der
sich da dem jungen Manne darbot. Die etwa noch vor=
handenen Vorräthe lagen wüst und wirr durcheinander,
unentbehrliche Geräthschaften befanden sich in dem schlech=
testen Zustande. Ueberall sah man, daß weder Ordnung
auf dem Hofe waltete, noch der Wille, solche herzustellen,
vorhanden war. Nur im Kuhstalle sah es etwas besser
aus. Hier — das war leicht zu erkennen — schaltete
die fleißige Hand Rose's, die sich den Mißhandlungen
ihres Vaters gestern in so auffallender Weise entzogen

hatte. Obwohl nun Jacob nicht ganz mit dem Verfahren seines Vaters gegenüber Jürgen einverstanden war, mußte er es doch billigen, daß er die Geflüchtete ruhig bei sich behielt, ohne zuvor über das Vorgefallene Lärm zu schlagen. Jetzt war vielleicht außer seinen eigenen Aeltern Niemand unterrichtet, und schwiegen diese, so gab es weiter keine böse Nachrede im Orte. Diese zu verhindern, so weit er die Macht dazu habe, war Jacobs fester Entschluß. Und um diesen Entschluß durchzuführen, nahm er sich vor, die Ankunft des eigenen Vaters auf Jürgens Hofe zu erwarten.

Der Richter hielt Wort. Jacob sah ihn über den schwankenden Steg schreiten, als er die Leiter herabstieg, die zum Heuboden über der bedachten Einfahrt zum Hofe führte. Das Aussehen des Vaters war sehr streng und verhieß ihm selbst keine freundliche Begrüßung. Dennoch ging Jacob ihm entschlossen entgegen, fest gewillt, sein Ziel zu verfolgen und sich durch nichts davon zurückschrecken zu lassen. Es wunderte ihn nur, daß sein Vater allein kam, denn er hatte vermuthet, Rose würde ihn begleiten und ihr Pathe diese Gelegenheit benutzen, dem Schmiedebauer eine sanftere Behandlung der einzigen Tochter, die sich ja in keiner Hinsicht etwas zu Schulden kommen ließ, eindringlich zu empfehlen.

Da Michel Jürgen nicht anwesend war, mußte Ja=

cob den strengen Vater zuerst in die Augen fallen
Wirklich bemerkte ihn dieser auch schon von Weitem und
beschleunigte seine Schritte.

„Also doch wieder im Zeuge," redete Conrad Bühl
seinen Sohn an. „Mir war bange, ich möchte Dich in
brüderlicher Umarmung finden mit dem Saufaus, zu
dem Du eine so verwunderliche Neigung hast. Schläft
er noch?"

„Wenn Du Jürgen schlafend finden wolltest, hättest
Du früher aufstehen müssen," lautete die unehrerbietige
Antwort des Sohnes.

„Oho!" sagte Bühl. „Ist er über Nacht ein repu=
tirlicher Mann geworden?"

„Kann angehen. Getrunken wenigstens hat er nicht
und seine Thür schloß er mir, als ich anklopfte, auch
nicht vor der Nase zu."

„Ich will ihn sprechen. Wo ist er?"

„Irgend wo draußen auf seinen Feldern wirst Du
ihn finden."

„Auf seinen Feldern!" lachte der Richter. „Möchte
das Stück Land sehen, das er mit Recht sein nennen
könnte!" Er schob die Krimmermütze, die er trug, mehr
in die Stirn und fragte dann barsch den Sohn, weß=
halb er sich so lange hier müssig herumtriebe?

„Müßig war ich nicht," erwiederte Jacob, „denn ich

hab' gethan, was in einer Wirthschaft am frühen Mor=
gen zuerst besorgt werden muß. Ich erbarmte mich des
lieben Viehes. Jetzt wäre Rose auch zu gebrauchen,
denn das Melken verstehe ich nicht und würde mich auch
nicht damit befassen, selbst wenn ich's aus dem Grunde
verstünde."

„Eine Schürze bänd' ich Dir vor, wenn Du Dich
unterfingst, in Weiberarbeit zu pfuschen!" versetzte Bühl
verächtlich. „Und nun marsch nach Hause! Schicke die
Rose herüber! Da seh' ich Jürgen kommen."

Jacob wollte den Vater nicht reizen. Er ging deß=
halb fort, ohne ein Wort der Erwiderung. Zu einer
Erklärung, wie er sie auf dem Herzen hatte, war diese
Stunde — das fühlte der junge Mann mit richtigem
Tacte heraus — nicht geeignet.

Noch weniger freundlich als mit dem Sohne gestaltete
sich die Unterredung des Richters mit dem Schmiedebauer
Der frühe Gang aufs Feld hatte Jürgen gekräftigt, die
Mittheilungen Jacobs ließen ihn in eine heitere Zukunft
blicken. Er hielt sich für eben so gut als Bühl, der
hoch aufgerichtet im Hofe stand und dem heranschreiten=
den Bauer keinen Schritt entgegenging.

Jürgen blieb endlich stehen und maß den Richter
mit unfreundlichen Blicken.

„Immer heran!" rief jetzt dieser befehlshaberisch. „Du sollst jetzund meinen Willen erfahren."

„Spare die Worte," erwiederte Jürgen. „Aus Deinem Willen mach' ich mir just so viel, als aus dem Sumsen einer Bremse. Ich brauche Deinen Rath nicht — geh'!"

„So höre meinen Befehl!"

„Was hast Du mir zu befehlen?"

„Daß Du ein ordentlicher Mann wirst und ein ver= nünftiger Vater gegen Dein Kind!"

Jürgen ward hitzig. „Richter Bühl," versetzte er, um den Respect, welchen Conrad in seiner Stellung von ihm fordern konnte, nicht zu verletzen, „Richter Bühl, wenn ich im Fahrwege läge und nicht wüßte, ob der Himmel über oder unter mir wäre, da könntest Du mir befehlen, denn Du wärst meine Obrigkeit; hier auf meinem Hofe aber, wo ich Herr bin und Du der Fremde, und wo ich meine Gedanken vollkommen beisammen habe, da hat Deine Macht ein Ende. Also sei ruhig, Conrad, oder ich könnte thun, was mich und Dich gereuen würde."

Bühl wich nicht vom Platze.

„Ich werde Deiner Worte eingedenk sein, Michel Jürgen," versetzte er ruhig, „und so wahr ich Richter bin, Dich nicht schonen, wenn Du straffällig wirst!"

Der Schmiedebauer ging achtlos an Bühl vorüber.

Er hätte ihm am liebsten einen Schlag versetzt oder doch
beleidigende Worte zugeworfen, aber er gedachte Jacobs
Vorschlag und wollte die Feindschaft, die zwischen ihm
und dem stolzen Richter bestand, nicht noch größer wer=
den lassen. Unter der Hausthür kehrte er sich um.

„Schick' mir die Rose, ich bedarf ihrer," sprach er
mit leiblicher Ruhe. „Sie braucht keine Furcht vor mir
zu haben."

Er wartete die Antwort Bühls nicht ab und dieser
konnte, ohne den ehemaligen Freund absichtlich zu reizen,
keinen vernünftigen Vorwand zur Fortsetzung eines Ge=
spräches finden, das Jürgen gern vermeiden wollte.
So sah er sich denn genöthigt, ebenfalls den Rückweg
anzutreten.

Beim Einbiegen nach seiner stattlichen Besitzung kam
ihm ein widerlicher Mensch entgegen. Er trug einen
Sack über der Schulter, einen großen Knotenstock in der
rechten Hand und seine Kleidung, wie sein ganzes Wesen,
ließen den privilegirten Bettler nicht verkennen. Kriechend
demüthig zog er vor dem mächtigen Manne, dessen Arm
er fürchtete, die schäbige Mütze, begrüßte ihn und bat
um eine Gabe.

„Du hast Dir Dein Frühstück schon abgeholt, Veit,"
antwortete Bühl dem Bettler, „Dein Sack ist gefüllt;
Dir jetzt mehr geben, wäre Sünde."

„Von Eurem Ueberfluſſe, Herr Richter? Was ich heute nicht brauche, kann mir morgen zu paſſe kommen. Ich bin ſchwach und krank."

„Du lügſt, Veit!" erwiederte Bühl. „Du biſt ſtark, aber faul, und Du treibſt es eben wie alle Taugenichtſe. Du kennſt mich und weißt, daß ich mit Deinesgleichen nicht ſpaße. Denke an meinen Hund!"

Der Bettler bückte ſich, verzog aber ſein Geſicht zu einem häßlichen Grinſen, indem er, mit dem Stock auf ſeine linke Wade zeigend, erwiederte: „Der Spaß, Herr Richter, hat Euch damals viel Schmerzensgeld gekoſtet!"

„Mit Vergnügen bezahlte ich das Doppelte, wenn ich Dich für immer damit aus meinem Hofe verſcheuchen könnte!" rief Bühl aufgebracht, verſetzte dem Bettler mit der Hand einen Stoß, daß dieſer beinahe mit dem Geſicht auf die Erde gefallen wäre, und ſchritt an ihm vorüber.

Veit hielt ſich mit Hülfe ſeines Stockes aufrecht, ehe er aber den Hof verließ, rief er dem Richter lachend nach:

„Danke ſchönſtens für die gnädige Zurechtweiſung und werde ſo großer Liebe ſtets eingedenk bleiben!"

Dann haſtete er weiter, ſprach erſt in der Schmiede ein und dann bei Jürgen, und an beiden Orten erhielt er Brod und eine Kupfermünze, wofür er den Gebern tauſend Segen wünſchte.

V.

Nach einigen Tagen wollte Bühl die Schlitten in
Stand setzen, denn das Wetter neigte sich zum Frost
und der stets bedeckte Himmel verhieß reichlichen Schnee-
fall. Als tüchtiger Landmann bedurfte er dazu keines
Stellmachers. Er besaß Hobel- und Schnitzebänke, alle
nöthigen Geräthschaften und Werkzeuge, und an ge-
eignetem Holze, um Schlittenkufen daraus zu formen,
fehlte es ebenfalls nicht. Mit Jacob stand sich der
Vater ganz gut, dennoch hatte der Sohn, er wußte selbst
nicht wie es kam, mit seinem Anliegen noch nicht
hervortreten können. Lange zaudern durfte er aber nicht
mehr; denn Jürgen schien des Wartens schon über-
drüssig zu sein und war ihm bereits zwei Mal wieder
in einem Zustande begegnet, der ihn höchlichst bestürzt
und um den unglücklichen Mann ernstlich besorgt machte.

„Morgen mit dem Frühesten wollen wir zusammen
an die Arbeit gehen," sprach Bühl zu Jacob, als er
Abends seine gewohnten Gemeindearbeiten vornahm, wobei der gewandte Sohn ihm half. „Die geschärften
neuen Aexte werden wacker schaffen helfen."

„Sapperlot die Aexte!" rief Jacob.

Bühl sah den Sohn scharf an.

„Sind sie gestohlen?" fragte er ruhig.

„Vergessen hab' ich sie ganz und gar," erwiederte Jacob. „Sie liegen ja drüben beim Schmiedebauer."

„Dann hole sie, wenn wir mit unserer Arbeit fertig sein werden."

Nichts konnte Jacob angenehmer sein. Er wußte nie, wie er es anfangen sollte, um Rose zu sehen, denn ein offenes Besuchen des trunkfällig gewordenen Nach= bars duldete der Vater nicht. Der erhaltene Auftrag aber ließ sich ja trefflich zu einer Besprechung mit dem jungen Mädchen, dessen Neigung sich Jacob versichert halten durfte, benutzen. Er war daher sehr fleißig, die Arbeit förderte, und ohne das Abendessen abzuwarten, machte er sich nach deren Beendigung unverweilt auf den Weg.

Jürgen war, wie gewöhnlich, ausgegangen. Die Tochter des Hauses empfing den Sohn des Richters sehr freundlich, und es kam zwischen beiden jungen Leuten zu einer offenen Erklärung. Nachdem Rose dem glücklichen Jacob versprochen hatte, ihm treu zu bleiben und die Zeit ruhig abzuwarten, in welcher ihre Wünsche erfüllt werden würden, beschwor sie den Geliebten, ja recht vorsichtig zu sein.

„Deine Mutter, nicht minder Deine Schwester sind mir nicht wohl gesinnt," sprach sie. „ Ich habe das deutlich an jenem Abende erfahren, wo ich mich vor dem

erzürnten Vater zu Euch rettete. Hätte ich damals ge=
wußt, daß ich Dich nicht Hause zu treffen würde, so
wäre ich wahrscheinlich gar nicht hinübergelaufen."

„Sie können Dir nichts Uebles nachsagen," erwiederte
Jacob, „auch wollen wir uns Beide um Mutter und
Schwester gar nicht kümmern, wenn es uns nur gelingt,
den Vater für uns zu gewinnen."

„Ach, ich fürchte," fiel Rose seufzend ein, „es gibt
noch recht viel Kummer und Noth, ehe wir so weit
kommen. Dein Vater ist so hochmüthig!"

„Er gibt nach, wenn er sieht, daß wir fest sind
und uns nicht trennen lassen," sagte Jacob. „Und
überdem habe ich einige Macht über den Vater, wenn
ich mich nur sonst seinem Willen füge. Nun aber gute
Nacht, Liebchen! Ich will keinen Verdacht erregen.
Gib mir nur die Aexte."

„Ja, die Aexte! Wo hast Du sie hingelegt?"

„Hier auf die Bank. Vermuthlich trug sie Dein
Vater in den Holzschuppen."

Rose verfügte sich, eine Laterne in der Hand, sogleich
in Jacobs Begleitung nach dem Schuppen, Beide jedoch
konnten die Aexte nicht finden. Man suchte sie hierauf
in der Küche, auf der Vorbühne des oberen Stockes, end=
lich auf dem Boden, ohne ein besseres Resultat zu er=
zielen.

3*

„Der Vater muß sie geradezu versteckt haben,“ sagte endlich Rose, jedes fernere Nachforschen aufgebend.

„Sobald er nach Hause kommt, frage ich ihn darnach.“

„Ich bitte Dich, vergiß es ja nicht!“ versetzte Jacob. „Der Vater gibt ein Vorhaben nicht gern auf, und wenn morgen früh die Aerzte nicht da sind, mag ich nicht viel mit ihm zu schaffen haben. Dein Vater könnte sie heute noch herüber bringen. In dem Verschlage, links von der Hofthür, den ich offen lassen will, kann er sie hinstellen.“

„Du wirst sie morgen dort finden, Jacob. Gute Nacht!“

Der junge Bühl kehrte nach Hause zurück und berichtete dem Vater, daß Jürgen die Aerzte selber noch, wenn auch vielleicht erst spät, bringen werde.

Der Richter runzelte nur die Stirn und zog die buschigen Augenbrauen finster zusammen. Das spöttische Zucken seines Mundes sagte dem Sohne, daß er sich im Stillen über das liederliche Herumschwärmen des unverbesserlichen Schmiedebauers moquire.

Zu rechter Zeit, d. h. noch vor neun Uhr begab sich Conrad Bühl zur Ruhe. Seine kräftige Natur ficht so leicht Nichts an, und er erfreute sich in der Regel eines gesunden festen Schlafes. In dieser Nacht aber erwachte

er von dem lauten Gebell des Hundes, dessen Kette er
klirren hörte. Er richtete sich auf und horchte, Schritte
kamen näher, dann sprach eine Stimme unverständliche
Worte. Der Hund knurrte eine Weile, und fing dann
wieder stärker an zu bellen.

Der Richter ließ sich nicht weiter stören.

„Es ist Michel Jürgen, er hat die Aerzte gebracht,"
dachte er und legte sich wieder nieder. Auf einmal
ging das Bellen des Hundes in ein sehr lautes, aber
nur kurzes Geheul über, worauf es bald völlig still ward.

„Elender Mensch!" murmelte der Richter. „Selber
das arme Vieh kann er nicht in Ruhe lassen, blos weil
es mir zugehört, und weil es zu allen Stunden seine
Pflicht thut."

Die Thurmuhr schlug Mitternacht, der Wächter
stieß mehrmals in's Horn und sang seinen Vers ab.
Bühl schlief jetzt wieder ein und der Rest der Nacht
verlief ohne weitere Störung.

Am nächsten Morgen öffnete der Richter eigenhändig
die Thüren seines Hauses. Es war nicht eben hell,
aber es dämmerte doch, so daß sich die näheren Gegenstände genau erkennen ließen. Es wunderte Bühl, daß
der Hund nicht sofort auf ihn zueilte und ihm die Hand
leckte. Er rief ihn, aber das Thier rührte sich nicht.

„Ist ihm 'was zugestoßen?" sagte Bühl vor sich hin und ging an der Wand fort, die zu dem Lager des Hundes führte. Da lag er still und kalt. Die Hand eines Frevlers, eines Nichtswürdigen hatte das schuld= lose Thier getödtet. Auch das Instrument, dessen sich der haßerfüllte Frevler bei seiner Schandthat bediente, lag neben dem todten Körper. Es war eine der neuen, dem Richter zugehörigen Aexte. Die andere stand im Schuppen neben der Thür.

„Vermaledeiter Bube!" rief Bühl entrüstet aus, die Axt mit der blutbefleckten Schneide an sich nehmend. „Das sollst Du mir theuer bezahlen!" Er eilte in's Haus, rief Frau, Kinder, Dienstboten, zeigte Allen die Axt und den offenbar mit derselben getödteten Hund. Die Meisten hatten ebenso wie der Richter das Bellen des Thieres, das Murmeln einer Männerstimme, zuletzt das kurze, ängstlich klingende Geheul gehört, und der Verdacht der Thäterschaft lenkte sich insgemein auf Michel Jürgen.

Conrad Bühl war anfangs ganz außer sich. Hätte er den Schuldigen sogleich bei der Hand gehabt, es würde ihm sicherlich übel ergangen sein. „Der heim= tückische Teufel!" rief er einmal über das andere aus. „Läuft erst in die Schenke, um sich Courage zu saufen, und wenn andere ehrliche Leute schlafen und Gott ihre

Seele empfehlen, schleicht die Canaille um Häuser und Scheunen, und schlägt die unvernünftigen Wächter todt, auf deren Treue man sich besser verlassen kann, als auf das verrätherische Menschenpack!"

Jacob war über diesen Vorfall äußerst bestürzt. Es wollte ihm gar nicht einleuchten, daß Jürgen sich zu einer so thörichten Handlung selbst im Rausche habe fortreißen lassen. Das Erschlagen des Hofhundes hatte gar keinen Sinn. Nur ein Mensch, der mit anderen verbrecherischen Gedanken umging, konnte zu einem solchen Mittel greifen. Jürgen war aber kein ehrloser Mensch, er war nur unglücklich und durch das Unglück unordentlich geworden.

Der junge Mann stellte die genaueste Besichtigung an, um vielleicht eine Spur zu entdecken, welche den Verdacht von Jürgen ableiten könnte. Wie angelegen er es sich aber auch sein ließ, diese zu ermitteln, der Erfolg war kein günstiger.

„Ich will den Cujon schon mürbe machen," sprach der entschlossene, heute weniger denn je zur Milde geneigte Richter. „Hat er sich mir doch selber in die Hände gegeben!"

Jacobs Zureden half nichts; Johanna und Elise schwiegen, weil sie das blitzende Auge des Vaters fürchteten. Die Schwester lächelte sogar verstohlen, und als der Bruder sie deshalb zur Rede setzte, erwiederte sie spöttisch: „Art läßt nicht von Art!"

Schon vor Sonnenaufgang nahm der Richter seinen Stock und machte sich mit zwei inzwischen herbeigerufenen Gerichtsdienern auf den Weg nach Michel Jürgens Hofe.

Rose gewahrte zuerst den ungewohnten Besuch und vermuthete sogleich irgend ein Unglück, in das ihr Vater mit verwickelt sein könne. Sie eilte den Kommenden bis auf den Hof entgegen.

„Ist Michel Jürgen drinnen?" fragte Bühl mit strenger, kalter Richterstimme.

„Der Vater schläft noch," versetzte zagend die Tochter.

„Konnt' mir's denken," fuhr Bühl fort. „Ist wacker spät zu Bett gegangen, he?"

„Es war Mitternacht eben vorüber."

„Ganz recht, eben vorüber!" wiederholte kopfnickend der Richter. „Und wann kam Dein Vater von seinem Nachtspaziergange zurück?"

„Kurz vor zwölf," lautete Rose's zagende Antwort.

„Brachte er die beiden Aerzte selber zu mir?"

„Auf der Stelle. Er ist auch gar nicht lange ausgeblieben."

„Gut, mein Kind, ich danke Dir. Jetzt sei 'mal so gut, und wecke den Siebenschläfer. Wir wollen uns derweil ein Bischen ausruhen."

Rose ging mit schwerem Herzen, um den Befehl des strengen Richters zu vollziehen.

Michel Jürgen wunderte sich über den so frühen Besuch, ohne im Geringsten zu erschrecken. Er hatte sich nicht übernommen und konnte demnach Jedermann Rede stehen. Erst als Conrad Bühl ihm mit den Worten entgegentrat:

„Ich verhafte Dich, Michel Jürgen, Kraft meines Amtes, als Friedensstörer und wegen verübten Frevels," wich er überrascht einige Schritte zurück, indem die Frage seinen Lippen entglitt:

„Was soll ich denn verbrochen haben?"

„Willst Du noch läugnen?" herrschte der Richter ihn an. „Sieh' Dich vor, Jürgen, und mache Deine Sache nicht noch schlimmer, als sie so schon ist!"

Darauf legte er dem Bauer dieselben Fragen vor, die Rose schon beantwortet hatte. Jürgen konnte und wollte nicht läugnen. Er wußte nicht, um was es sich handle, und ertappte man ihn auf einer einzigen Unwahrheit, so mußte der Verdacht, den man gegen ihn hegte, sich ja mehr noch steigern. Seine Antworten trafen deshalb mit denen seiner Tochter genau überein.

„Mein Hund schlug an, als Du dem Schuppen zuschrittst?" setzte Conrad Bühl sein Examen fort.

„Er bellte anfangs, als ich ihm aber leise zurief

und mit ihm sprach, knurrte er nur noch, und ließ mich die Aexte ruhig in den Schuppen stellen."

„Und zum Dank dafür ergrifffft Du eine derselben und schlugft dem armen Thier den Hals ab, Unmensch!" fuhr ihn hierauf der Richter an.

„Ich will verdammt sein, wenn ich das Thier nur scheel angesehen habe!" betheuerte Jürgen. „Es bellte mir nach, als ich fortging; erst als ich am Schmiede= hause war, hörte ich es heulen!"

„Du selber sollst heulen für Deine elenden Streiche und für Deine frechen Lügen," erwiederte der Richter. „Dein Läugnen kann Dir nichts helfen, und Deine leicht= fertigen Schwüre wird der Himmel nicht hören. Fort mit ihm in's Gefängniß! Um zwölf Mittags soll das Gericht zusammentreten und sein Strafurtheil über Dich fällen! Ich selber will schweigen, die Strafe aber, welche das Gericht Dir zuerkennt, mußt Du verbüßen, und wenn Du Dich morgen früh aus Wuth und Aerger über Deiner eigenen Hausthür aufknüpfeft!"

Die Gerichtsdiener faßten den entsetzten Bauer, dem jetzt vor Schrecken die Sprache versagte, und führten ihn fort in's Gefängniß. Jürgen leistete keinen Widerstand. Er wußte, daß aufsäßiges Wesen ihm in dieser Bedräng= niß nicht helfen könne. Nur die Aeußerung: „Ich bin verleumdet! Ihr thut mir Unrecht, himmelschreiendes Un=

recht!" wiederholte er mehrmals auf dem Wege nach dem Gefängnisse.

VI.

Vor dem Hause des Richters Bühl versammelten sich immer mehr Menschen. Alle richteten ihre Blicke nach der großen Vordiele, die sich von der Straße aus bequem übersehen ließ. Auf den Gesichtern der Meisten war nur Neugierde zu lesen, Einzelne aber blickten düster nach dem Innern des Hauses, schüttelten den Kopf, und entfernten sich dann, leise ihre Meinungen gegen einander austauschend.

Auf der Vordiele lag mit todtenbleichem Gesicht der Bauer Michel Jürgen im Block oder Stock. Zu dieser entehrenden Strafe, die für gewöhnlich nur über Vagabunden oder notorisch schlechte Subjecte verhängt wurde, hatte das Gericht den beklagenswerthen Mann verurtheilt. Sein Läugnen, seine heiligsten Betheuerungen, er sei unschuldig an dem ihm Schuld gegebenen Vergehen, fruchteten Nichts. Die zusammengerufenen Gerichtsleute mußten nach den eigenen Aussagen des Bauers die Ueberzeugung gewinnen, daß nur er den Hund des Richters erschlagen haben könne. Er hatte in eigener Person die Aexte nach dem Hofe getragen, der Hund hatte die

Schritte des Fremden vernommen und sich hören lassen. Jürgens Zusprechen besänftigte das Thier, es begann erst wieder zu bellen, als der Bauer fortzugehen Miene machte. Kein anderes lebendes Wesen war um dieselbe Zeit im Hofe des Richters gesehen worden. Jürgen selbst gab zu, er ganz allein sei um die angegebene Zeit auf der Straße gewesen. Erst jenseit des Baches, dicht vor dem Eingange zu seinem Garten, sei ihm der Wächter begegnet, der ihm noch spöttisch gute Nacht gewünscht hatte. Die Tödtung des Hundes konnte aber nur in dieser Zeit vorgefallen sein. Wen anders also, als Michel Jürgen, mußte der Verdacht der gehässigen That treffen?

So viele Beweisgründe veranlaßten die Gerichtspersonen, den Schmiedebauer einstimmig zu verurtheilen. Sie thaten es ungern, denn sie mußten noch vor Fällung ihres Spruches, daß dieser den ohnehin schon unglücklichen Mann für immer ruiniren müsse. Eine Freisprechung wäre aber noch gefährlicher gewesen. Der Richter constatirte, daß Jürgen ihn wiederholt, und zwar gerade in der letzten Zeit, am heftigsten bedroht, ihm Rache geschworen habe. Auch diese schwer wiegende Anklage konnte Jürgen nicht einfach abläugnen; er gab als Entschuldigung nur an, daß er vielleicht im Rausche unüberlegte Worte gesprochen habe.

Zwei volle Stunden mußte Jürgen im Stocke liegen.

Während dieser schrecklichen Zeit gingen gewiß zwei Dritt=
theile aller Einwohner des Ortes an Bühl's Hause
vorbei, und betrachteten den so exemplarisch Bestraften.
Am längsten unter den Neugierigen verweilten die müßigen
Gaffer. Diese schienen auch die Einzigen zu sein, die
sich an dem bedauerlichen Anblicke freuten. Es waren
die Nichtsnutzigen des Ortes, zweideutige Bettler, die
nicht allzu scharf zwischen Mein und Dein unterschieden,
heruntergekommene Menschen, welche der Gemeinde zur
Last fielen und auf deren Kosten ernährt wurden.

Der Widerwärtigste von allen diesen Gaffern war
Veit. Dieser Herumtreiber machte kein Hehl aus seiner
Freude. Er lachte, schnitt Grimassen und gab nicht un=
deutlich zu verstehen, daß dem Bauer ganz Recht geschehe.
Veit liebte Jürgen eben so wenig, wie irgend einen
andern Besitzenden. Der Schmiedebauer hatte den Bettler
auch gelegentlich von seinem Hofe gejagt oder ihn mit
harten Worten zurecht gewiesen. Das vergaß Veit nicht,
und deshalb machte es dem Schadenfrohen Vergnügen,
daß Jürgen nun selbst in Strafe genommen worden war.

Conrad Bühl hielt sich fern während der Zeit, wo
der ehemalige Jugendfreund die ihm zudictirte Strafe
verbüßte. Er wollte völlig unparteiisch erscheinen und
sprach deshalb auch kein Wort während der Verhandlung
der Gerichtspersonen. Den Spruch derselben bestätigte

er, wie er Jürgen gelobt hatte. Er wohnte nur der
Vollziehung der Strafe bei, dann zog er sich in sein
Zimmer zurück. Zwei Gerichtsdiener blieben neben dem
Bestraften stehen, um diesen zu bewachen und etwaige
gar zu Zudringliche fern zu halten.

Jacob war über diesen Vorfall im höchsten Grade
bestürzt. Nicht nur besorgte er, daß Jürgen die erlittene
Strafe vollends um alle Besinnung bringen werde, es
zerstörte dieses Ereigniß auch alle seine Pläne oder schob
sie wenigstens hinaus in unabsehbare Ferne. Der Stolz
seines Vaters würde es nie zugegeben haben, daß sein
einziger Sohn die Tochter eines Mannes als Weib heim=
führe, der als Sträfling im Stock gesessen hatte. Er
durfte nach dem Vorgefallenen gar nicht daran denken,
seinem Vater mit einer solchen Eröffnung nahe zu treten,
ohne sich der entsetzlichsten Zurechtweisung auszusetzen.
Blieb überhaupt noch Hoffnung übrig, so lag diese jen=
seit der Grenzen des Lebens, die seinem Vater von der
Vorsehung gesteckt waren.

Ein Gedanke, den der junge Mensch sogleich unter=
drückte und der ihn selbst schaudern machte, beschlich ihn.
Er ertappte sich auf dem Wunsche, sein strenger, harter,
hochfahrender Vater möge bald das Zeitliche segnen!

„Stürbe mein Vater, so heirathete ich Rose, und
hätte ihr Vater auch im Zuchthause gesessen!" rief er

aus. Gleich darauf aber reute Jacob dieser sündhafte
Gedanke, und vor Zorn, Angst und Gram traten ihm
ein paar Thränen in die Augen.

Wie ein Träumender ging der Sohn des Richters
ab und zu, während Jürgen seine Strafe verbüßte. Er
hätte gern mit ihm gesprochen, allein das war nicht ge=
stattet, und noch lieber hätte er die neugierigen Gaffer
draußen vor dem Hause mit Peitschenhieben fortgejagt.
Wozu war es nöthig, daß alles Gesindel seine schaden=
frohen Bemerkungen über den Unglücklichen machen mußte,
den Niemand vertheidigte?

„Wenn er nun doch unschuldig ist!" rief er aus.
„Er hat's geläugnet bis zur letzten Minute! Und Jürgen
lügt nicht, wenn er auch leichtsinnig geworden und kein
Mann mehr ist, wie er sein sollte!"

Kurz vor Ablauf der zwei Stunden suchte Jacob
seinen Vater auf. Er fand ihn in sich gekehrt in seiner
Stube.

„Willst Du mir 'was versprechen, Vater?" redete
er ihn an. „Du kannst es und, ich weiß, es wird Dir
lieb sein, wenn Du's thust!"

„Laß hören," sagte Conrad Bühl zerstreut.

„Gib Jürgen die Hand, wenn er's überstanden hat,"
stieß Jacob heraus. „Es sieht ihn dann Keiner mehr
schief an, und Du richtest ihn auf in seinem Unglück."

Bühl richtete einen Blick auf den Sohn, der diesem alle Hoffnung benahm.

„Er betränke sich dreimal in vierundzwanzig Stunden,“ verfetzte er, „wenn mir ein Unglück paffirte! — Er hat mich hundert Mal verflucht, hat mir gedroht, wie ein richtiger Schurke, hat mir gewünscht, ich möchte mich verftürzen, und Hals und Beine brechen, und jetzt, wo er mir heimlich den Wächter von Haus und Hof erschlägt, jetzt sollte ich ihm die Hand drücken? Nimmermehr! Eher will ich's ertragen, daß die ganze Gemeinde spricht, ich hätte ihn in den Tod gejagt, wenn er sich wirklich einmal ein Leid thun sollte!“

Dem unbeugsamen Manne war in keiner Weise bei zukommen. Jacob mußte den Vater unverrichteter Sache verlassen und sein Vertrauen auf die mildernde Zeit setzen.

Inzwischen waren die beiden Stunden vergangen, Jürgen wurde befreit und durfte nach Hause gehen. Er zitterte, als er auf die verlähmten Füße trat und die Zähne klapperten ihm vor Froft und Schaam. Er war unheimlich anzusehen, wie er der Thür zutaumelte und die steinernen Stufen hinabstolperte. Die noch vorhan= denen Gaffer stoben nach allen Seiten auseinander beim Anblick des bleichen, wild blickenden Bauers. Wer hätte auch dem arg beschimpften Manne in den Weg treten

mögen! Er sah ganz so aus, als sei er zu jeder Gewalt=
that fähig. Der Erste Beste, der ihm in die Hände fiel,
mußte die Wuth entgelten, die in der Brust Jürgen's
tobte.

Ohne sich umzusehen, ging der Schmiedebauer nach
seinem Hofe. In einiger Entfernung, aber auf Umwegen,
schlich der junge Bühl ihm nach.

„Ich will's!" hörte er den Aufgebrachten laut rufen,
als Jacob in's Haus trat. Die weinende Rose begeg=
nete dem Jünglinge mit einer Flasche in der Hand.

„Es ist aber doch sündhaft, Jacob!" sprach das
Mädchen. „Jetzt geht Alles zu Grunde und mit uns
ist's auch aus!"

„Wenn Du mich nicht verläßt, ich bleibe Dir treu",
versetzte Jacob.

„Dein Vater hat schon zu mir geschickt und mir
sagen lassen, daß er mir in Zukunft sein Haus ver=
bietet!"

„Das hat er gethan?"

„Durch einen Gerichtsdiener ließ er mir's vermelden."

Jacob stampfte mit dem Fuße und stieß die Thür
zum Wohnzimmer auf. Michel Jürgen saß, den Kopf
auf beide Hände gestützt, am Tische, gerade so, wie er
ihn schon früher, wenn er voll Aerger war, mehrmals
getroffen hatte. Er redete ihn sanft an, suchte das Ver=

fahren seines Vaters in weniger gehässigem Lichte darzu=
stellen und versicherte ihn, daß er jederzeit auf ihn rech=
nen dürfe.

Jürgen ließ den jungen Bühl ausreden, die bar=
gebotene Hand aber stieß er zurück, indem er grollend
ausrief: „Wie Du mir, so ich Dir! — Rühr' mich
nicht an, oder ich vergreife mich an Dir!"

Der Schmiedebauer nahm eine so drohende Miene
an, daß Jacob sich zurückzog. Es war völlig unmög=
lich, den Erbitterten zu erweichen. Er entriß seiner
Tochter die Flasche mit dem unheilvollen Getränk und
stürzte rasch einige Gläser davon hinunter.

„Dem Teufel verschreib' ich mich jetzt!" rief er aus,
„wenn er mir verspricht, alles Unglück Deinem Vater
anthun zu wollen!"

Rose rang die Hände, hielt sich aber fern von dem
Zürnenden. Nur durch Winke bedeutete sie Jacob, er
möge vorerst gehen, später werde der Vater ja wohl eher
wieder mit sich reden lassen. Um der Geliebten den
Willen zu thun, entfernte er sich, und verlebte daheim
einen recht trüben Abend.

VII.

In der Nacht war ziemlich viel Schnee gefallen, auch
hatte es stark gefroren. Richter Bühl weckte seinen Sohn

und die Knechte früh. Er wollte in den Wald fahren, um das daselbst bereit stehende Stockholz herein zu holen. Da der vorige Tag des ärgerlichen Vorfalls wegen fast ganz verloren gegangen war, so gab es viel herzurichten, ehe die Schlitten, deren man sich bedienen wollte, in guten Stand gesetzt waren. Der Mittag kam heran, ehe man aufbrechen konnte. Es schneite indeß fortwäh= rend, und gegen Sonnenuntergang erhob sich ein heftiger Ostwind. Diesem Winde wich das Gewölk, der Himmel hellte sich auf, und als der Richter aus dem Walde zu= rückkehrte, beschien der wieder im Zunehmen begriffene Mond eine herrliche Winterlandschaft.

Zwischen sieben und acht Uhr Abends erreichte Con= rad Bühl den Hohlweg, welcher zu seinem Hofe führte. Dieser lag seitwärts desselben auf freiem Lande, nirgends umhegt. Man konnte ihn von allen Seiten umgehen, auf der Ostseite, wo die Scheuern standen und ein Schafstall, führte sogar ein Fußsteg aus dem Orte hin= aus auf's Feld, der viel benutzt ward.

Der Richter bemerkte beim Einbiegen des von ihm geleiteten Schlittens, daß ein großer Mann langsam den Steg herauf kam, ein paar Mal stehen blieb, als suche er etwas, und endlich, sich gegen den Wind kehrend, an der Wand des Schafstalles weiter fortschritt. Der Mond warf den Schatten dieses Mannes vor ihm auf den Schnee.

4*

Bühl hielt seine Pferde an und wartete. Kaum bemerkte dies der Wanderer hinter den Gebäuden, so blieb er ebenfalls, doch nur ein paar Secunden lang stehen, dann setzte er seinen Weg fort und erreichte den Hohl= weg in dem Augenblicke, wo der Richter in den Schatten der Gebäude hineinfuhr. Conrad Bühl kehrte sich um und erkannte den Schmiedebauer. Dieser kreuzte den Hohlweg, ging in's Feld und schlug hier die gerade Richtung nach der eine Viertelstunde entfernten, am west= lichen Ende des Ortes gelegenen Schenke ein.

„Der Elende!" murmelte er vor sich hin. „Es ist ihm nicht zu helfen. Am besten wär' es schon, er bliebe unterwegs im Schnee sitzen und morgen fänden ihn die Leute erfroren! Wenn er stirbt, will ich mich seiner Tochter als Vater annehmen!"

Er trieb die Pferde an und leitete den Schlitten in den Hof. Jacob folgte mit dem seinigen, an diesen schlossen sich die Schlitten der beiden Knechte.

„Hast Du ihn gesehen, Vater?" sprach Jacob, neben Conrad haltend. „Er dauert mich doch!"

„Mich nicht! Will er's denn anders haben?"

„Der Aerger frißt ihn und die Schande!"

„Wenn er sich bessert, spricht Niemand davon. Durch einen vernünftigen Lebenswandel kann er auch mich ver= söhnen."

„Soll ich ihm nachgehen und —"

„Nicht von der Stelle!" fiel der Vater dem Sohne in's Wort. „Er könnte denken, mich gereuete mein Thun. Dann hätte ich verspielt!"

Jacob mußte sich fügen. Die Pferde wurden abge= schirrt und in die Stallungen geführt, die mit Holz be= ladenen Schlitten blieben im Hofraume neben einander stehen. Auch befand sich daselbst eine gewaltig hohe Feime Roggen; denn die Ernte war so ergiebig gewesen, daß der Richter den ganzen Segen derselben in seinen Scheuern nicht unterbringen konnte.

„Diese Nacht habe ich keine Ruhe," sprach Bühl zu seiner Frau, die seit der Bestrafung Jürgen's ungewöhn= lich still geworden war. „Morgen gehe ich über Land, um irgendwo ein zuverlässiges Thier aufzutreiben. Ich traue dem Frieden nicht recht. Ohne Hund können mir ein paar verwegene Kerle den halben Hof ausräumen."

„Bei so tiefem Schnee werden das auch die Kecksten wohl bleiben lassen," versetzte Johanna. „Die Spur verriethe sie."

Bühl schwieg, es litt ihn aber nicht lange im Hause. Der Himmel hatte sich wieder umzogen, doch schneiete es nicht. Nur der Wind blies heftig aus Osten und wirbelte den frisch gefallenen Schnee hoch auf.

Der Richter machte einen Gang durch den Hof, um

zu sehen, ob Alles an seinem Platze stehe. Dann ging
er durch die noch unverschlossene Einfahrt auf die Straße,
wandte sich östlich nach den Scheuern und umschritt diese.
Als er den Hohlweg erreichte, sah er vom Dorfe herauf
wieder einen Mann kommen, welcher den Fußsteg ein=
schlug. Er achtete nicht darauf, endigte seine Besich=
tigung, und kam von der entgegengesetzten Seite wieder
in den Hof. Er stieß die Einfahrt vollends zu und
legte einen Riegel vor. Dadurch ward der Hof ge=
schlossen bis auf eine schmale Pforte zwischen den
Scheuern und dem Schafstalle, deren Thür nur einge=
klinkt werden konnte. Diese Pforte öffnete sich jetzt, um
eine Gestalt einzulassen, die im Schatten an den Scheuern
hinschlüpfte, dann einige Zeit sich niederbückte und spä=
ter denselben Weg zurückging, um durch die Pforte wie=
der das Freie zu gewinnen.

Dieser Einschleicher glaubte unbemerkt geblieben zu
sein, was jedoch nicht der Fall war. Conrad Bühl hatte
an dem hellen Flimmern des Schnee's gesehen, daß sich
die Thür der Pforte öffnete. Er stand gerade am Fenster
seines Zimmers, dessen Laden er schließen wollte, als
dieser Schimmer sein Auge traf. In der Meinung, der
starke Wind möge sie aufgestoßen haben und könne sie
während der Nacht zerschlagen, ging er nochmals über
den Hof, um die Pforte fest zu schließen. Als er an

die Scheuer kam, sah er etwas blitzen dicht an der Tenne.
Es sah aus, als zitterte ein Lichtstrahl durch den schmalen
Spalt eines Bretes. Woher konnte dies Funkeln wohl
kommen? Der Richter blieb stehen und bog sich vor= und
rückwärts, um den Schimmer noch einmal zu erhaschen.

Dabei sah er einen dunklen Gegenstand auf dem Schnee
liegen, der sich im Winde bewegte. Vor kaum einer
Viertelstunde hatte dieser Gegenstand noch nicht auf dem
Schnee gelegen. Conrad Bühl bückte sich und erfaßte
ein Tuch von Baumwolle, wie sie die Landleute als
Taschentücher, wenn sie über Land gehn oder Jemand
besuchen, zu tragen pflegen. Indem Bühl dies Tuch
aufhob, blitzte wieder der funkelnde Schimmer in sein
Auge.

Den Richter überrieselte es kalt, denn dies Flimmern
kam aus der nahen Scheuer. Ein hastiger Sprung
brachte ihn dem Gebäude nahe; da schlug über ihm
zwischen Thor und Dach schon in der Breite einer Hand
die helle Lohe heraus, und ehe noch zwei Minuten ver=
gangen waren, loderte die Flamme um den Giebel.

Bühl's Feuerruf weckte das Hofgesinde und die Nach=
barn, so rasch aber auch Hilfe von allen Seiten herbei=
eilte, der heftige Wind, der ohnedies den Schnee von
den Dächern herabgeweht hatte, jagte die Flammen von
Gebäude zu Gebäude, so daß nach einer kurzen halben

Stunde das ganze große Gewefe nur ein einzigen Feuer=
herd bildete.

Während der Dauer des Brandes, welcher die ganze
Nacht hindurch wüthete und sämmtliche Gebäude bis auf
die Sohle in Asche legte, sah man den Richter mit großer
Geistesgegenwart überall die Löschenden anfeuern. Ge=
rettet wurde nur wenig, doch gelang es, Pferde, Kühe
und Schafe den Flammen zu entreißen, die bei den Nach=
barn untergebracht wurden. Gegen Morgen war die
Gefahr für den Ort beseitigt, obwohl Gluth und dicke
Rauchsäulen aus den eingeäscherten, mit so vielen brenn=
baren Stoffen gefüllten Gebäuden noch aufwirbelten.

Conrad Bühl saß, erschöpft von den Anstrengungen
der Nacht, im Schmiedehause und sah finster vor sich hin.
Er hatte während des Feuers keine Schwäche, nicht ein=
mal eine Spur von Aufregung gezeigt, jetzt aber machte
sich doch die Hinfälligkeit der Natur auch bei ihm geltend.
Der Schlaf übermannte ihn trotz des Unglückes, das so
plötzlich über ihn gekommen war, und ihm vielleicht die
Hälfte seines Vermögens raubte.

So traf Jacob den Vater. Auch der junge Bühl
hatte unermüdlich gearbeitet und sich den Flammen mit
solcher Unerschrockenheit ausgesetzt, daß ihm die Haare
versengten und er einige ungefährliche Brandwunden da=
von trug. Den Schmerz und die tiefe Verstimmung des

Vaters gewahrend, reichte er diesem die Hand und sprach ermuthigend:

„Es wird wieder besser, Vater! Ich will für zwei arbeiten, und wenn Gott uns gnädig ist, und wir finden Freunde, so reißen wir uns in ein paar Jahren wieder heraus. — Sonderbar! Es hat keiner von uns geraucht! Und doch zeigte sich das Feuer zuerst auf der Seite, wo die Schlitten standen!"

Conrad Bühl fuhr sich mit der Hand über die Stirn, und in seinen finstern Zügen zuckte es, als führe ein Lichtglanz über sie hin. Er gedachte des Fundes, den er im Lärm der Feuersbrunst vergessen hatte. Wußte er doch nicht, ob er das Tuch von sich warf, als er die Flamme gewahrte, oder ob er es mechanisch einsteckte. Er durchsuchte die Seitentaschen seines weiten kurzen Rockes, und ein ihm nicht zugehöriges Baumwollenge= webe blieb in seiner Hand.

„Besieh Dir das Ding genau," sprach er, dem Sohne das Tuch hinreichend. „Vielleicht hilft's uns den Schalk entdecken, der uns so schön heimzuleuchten verstand."

„Wo hast Du's gefunden?" fragte Jacob, die Farbe wechselnd.

„Keine zwei Schritte weit von der Stelle, wo ich den Feuerschein in der Scheuer bemerkte."

Es riecht nach stark geschwefeltem Feuerschwamm,

und da hängt sogar noch ein Stück Schwefelfaden. Beim
Himmel, ein rachsüchtiger Bube hat das Feuer ange=
legt!"

„Ein rachsüchtiger Bube!" lachte der Richter.
„Will's wohl glauben! Aber wo ihn finden? Wie ihn
packen? Wie beweisen: Der ist's und kein Anderer? —
Na, was gibts denn? Was bebst Du, wie ein Espen=
blatt? Du selber wirst doch dem eigenen Vater nicht den
rothen Hahn auf's Dach jagen, weil er nicht zugibt,
daß unmündige Kinder ihren Kopf aufsetzen?"

„Ich kenne das Tuch," erwiederte Jacob stotternd.

Bühl hatte es dem Sohne schon entrissen. Er be=
sah es genau, aber mit unruhiger Hast. Es war blau
und roth carrirt, mit einer breiten weißen Kante. Der
es trug, mußte Raucher und Schnupfer sein. Die eine
Ecke war in Folge starker Knotung noch zusammenge=
dreht. In diesem Zipfel stand ein Name, und dieser
Name warf Jacob beinahe zu Boden.

„Jürgen!" sagte gedehnt, aber voll aufbrausenden
Zornes der Richter. „Jürgen! Er hat sein Wort wahr
gemacht, aber — bei Gottes Gerechtigkeit — der Henker
soll ihm den Lohn dafür auszahlen!"

Conrad Bühl hatte seine ganze Energie wieder ge=
funden. Er stand auf, um Vorkehrungen zu treffen.

„Laß ihn nicht arretiren, Vater," rief Jacob, „nicht

jetzt! Er könnte ja doch unschuldig sein! Und was würde
die arme Rose sagen!"

„Er soll auf freien Füßen bleiben, bis ich Grund
habe, ihn anzufassen," versetzte der Richter. „Für Rose
— das verspreche ich Dir — soll gesorgt werden. Ein
Kind, zumal ein Mädchen, ist nirgends schlechter aufge=
hoben, als bei einem verbrecherischen Vater."

VIII.

Der Brand von Bühl's Gewese war ein Ereigniß,
das die Bevölkerung der ganzen Ortschaft in Aufregung
versetzte. Obwohl der Richter selbst über die Entstehung
des Feuers Schweigen beobachtete, sprach es sich doch
herum, daß Anzeichen vorlägen, die unverkennbar auf
eine absichtliche Brandstiftung hindeuteten. Bühl hatte,
ohne weitere Auslassungen, zu seinen nächsten Freunden
gesagt, sein Hof sei ihm böswilligerweise angezündet
worden. Bald darauf erzählte man sich, der unbekannte
Mordbrenner habe sich durch die unverschließbare Pforte
in den Hof geschlichen, und einige Tage später ward be=
reits von einem Funde gesprochen, den der Richter ge=
macht haben sollte. Worin aber dieser bestand, wußte
Niemand.

Es konnte nicht fehlen, daß nunmehr auch wieder

die Tödtung des Hundes zur Sprache kam. Zwei Tage später schon brannte Bühls Hof und zwar bei einem Winde, welcher die Flammen unaufhaltsam über sämmt= liche Gebäude verbreiten mußte.

War zwischen der Tödtung des wachsamen Hundes und dem Brande des Hofes, der so schnell darauf folgte, kein enger Zusammenhang? Und wenn es einen solchen gab, auf wen mußte der erste schwerste Verdacht fallen?

Michel Jürgen's Name ward erst ganz leise, bald aber mit bedenklichen Nebenbemerkungen genannt. Der Mann machte sich vielfältig verdächtig. Er war von Bühl, dessen Sohne und seinen Knechten kaum zwei Stunden vor dem Ausbruche des Feuers hinter den Scheuern gesehen worden. Er war langsam gegangen, war stehen geblieben, hatte sich mehrmals umgesehen. Es wurde ferner ermittelt, daß er nur ein paar Minuten vor dem ersten Feuerrufe nach Hause gekommen sei. Der Schmied sah ihn von den Scheuern des Richters den Fußweg herabschreiten und höchst unsicher über den schwanken Steg balanciren. Er rauchte und aus dem Kopfe seiner Tabakspfeife verweheten Funken im Winde. Von solchen Funken brannte kein Haus an, aber ein Schwefelfaden oder ein Stück Schwamm ließ sich leicht daran entzünden.

Etwa eine Stunde vor dem Feuer war Jürgen noch

in der am westlichen Ende des Ortes gelegenen Schenke
gesehen worden. Diese Schenke stand nicht im besten
Rufe. Der Besitzer war in früheren Jahren der Heh-
lerei bezüchtigt und überführt worden, und Conrad Bühl
selbst hatte damals die Durchsuchung des verdächtigen
Hauses geleitet. Der überführte Schenkwirth kam
mit einer halbjährigen Zuchthausstrafe noch gnädig genug
davon.

Seit dieser Zeit mieden alle Leute, die etwas auf
sich hielten, die verrufene Schenke. Der Wirth selbst
war ein entschiedener Feind des Richters, besaß jedoch
genug Lebensklugheit, um seine Gesinnungen für sich zu
behalten. Irgend einem Gesinnungsgenossen, einem Mit-
leidenden mochte er sich wohl entdeckt und dabei geäußert
haben, daß er auf Rache gegen den streng rechtlichen
Richter sinne.

Daß sich bei diesem Manne die Unzufriedenen im
Orte, herabgekommene und von den Besseren mißachtete
Menschen versammelten, um ihr Geld zu vertrinken und
ihrem Grolle bei der Flasche Luft zu machen, war Niemand ein Geheimniß.

Dahin war der Schmiedebauer am Tage der verbüß-
ten Strafe noch am späten Abend getaumelt. Er hatte
böse, verfängliche Reden geführt, Alle frei gehalten, seine
silberne Taschenuhr dem Wirthe versetzt, da es ihm an

baarer Münze fehlte, und schließlich mit den Meisten seiner Zechgenossen in halber Bewußtlosigkeit Brüderschaft gemacht. Auch der Herumtreiber Veit war unter den Zechenden gewesen, und Jürgen verschmähte es nicht, diesem als heimtückisch bekannten Menschen ebenfalls die Hand zu drücken.

Wie wenig erkenntlich gerade der Letztgenannte für Jürgen's Herablassung war, lehrten seine späteren Auslassungen über den Schmiedebauer. Es ließ sich durch Zeugen erhärten, daß Veit der Erste gewesen war, der unter seltsamen Geberden Michel Jürgen als einen Mann bezeichnete, der wohl nähere Auskunft über das Feuer bei Bühl würde geben können.

Auf Grund dieser von Mund zu Mund gehenden Gerüchte wurden ganz unerwartet der Schenkwirth, Jürgen und der Bettler Veit in einer Nacht verhaftet. Man beobachtete dabei die Vorsicht, Keinen wissen zu lassen, was dem Andern geschehen war, und so erfuhren die Verhafteten nichts von dem Vorhaben der Gerichte.

Jürgen war gefaßter, als die Uebrigen, die sich einer solchen Ueberraschung nicht versehen hatten.

„Sie wollen mich, nun sie mir einmal den guten Namen genommen haben, mit aller Gewalt zum schlechtesten Schelme machen," sprach er gelassen. „Aber es wird ihnen nicht gelingen. Noch lebt der alte Gott, und der wird mich armen Mann nicht zu Schanden werden lassen."

Die Verhafteten wurden einzeln verhört, und wenn auch Jürgen persönlich standhaft Alles läugnete, was ihm mit so großer Wahrscheinlichkeit aufgebürdet wurde, die Aussagen der beiden Anderen zeugten doch gegen ihn. Der Richter namentlich glaubte bestimmt, kein Anderer als der ihn hassende Schmiedebauer habe bei ihm Feuer angelegt.

Die Gerichtspersonen versprachen sich von einer Confrontation der Verhafteten höchst wichtige Resultate. Dieser sollte der Richter als vorzugsweise Betheiligter beiwohnen; die Vernehmung der Verdächtigen hatte man in die Hand eines gewiegten Criminalbeamten gelegt.

Das Staunen der drei bekannten Männer, die sich einander urplötzlich gegenüber standen, war bei Allen von verschiedenen Symptomen begleitet. Michel Jürgen runzelte nur die Stirn und richtete dann einen beleidigten Blick voll Indignation auf den Beamten, den er später über die Beisitzenden gleichgiltig hinweggleiten, und endlich streng und lange auf den harten Zügen Conrad Bühls ruhen ließ. Der Schenkwirth erschrak sichtlich. Ihn schlug das böse Gewissen und es war anzunehmen, daß er, scharf befragt, wohl manche weiter führende Auskunft werde geben können. Der Bettler Veit endlich

war kriechend demüthig. Er nahm eine jammervolle
Miene an, die jedoch gegen den ersten Eindruck, welche
das Erblicken der beiden Anderen auf ihn machte, zu
grell abstach, um sie für wahr zu halten, und ließ
dann aus seinen verschwommenen, halb zugekniffenen
Augen spöttische Blicke auf Jürgen schießen, die ihre
Entstehung keinen wohlwollenden Gesinnungen verdanken
konnten.

Der mit der Untersuchung beauftragte Beamte be=
gann das Verhör mit dem schon einmal bestraften
Schenkwirthe.

„Welche Personen waren am Abende vor dem
Feuer, welches den Hof des Richters verzehrte, bei Euch
versammelt?" lautete die erste Frage.

„Ich kann mich daran nicht mehr erinnern", erwie=
derte der Gefragte.

„Ihr habt bereits früher eingestanden — und die
Aussagen Eurer Mitgefangenen stimmen damit überein —
daß Michel Jürgen und Veit Eure Wohnung an jenem
Abende besuchten."

„Es kann möglich sein — wenn sie es selbst sagen,
will ich nicht widersprechen."

Veit machte eine unbeholfene, tiefe Verbeugung, indem
er erwiederte:

„Wir unterhielten uns sehr freundschaftlich."

„Es wurde dabei getrunken?"

„Blos um die Kehle nicht ganz trocken werden zu lassen."

„Ihr spracht von der erlittenen Strafe des Schmiede=bauers und schaltet den Richter Bühl."

„Es kann gern sein, daß ich ihn keinen sehr höflichen und freundlichen Mann genannt habe. Der Herr Richter ist manchmal übel bei Laune und da fährt er die Leute etwas barsch an, und — sehen Sie — da ist's nicht Jedermanns Liebhaberei, immer ganz freundlich zu bleiben."

„Eure Rede war gehässig; Ihr fordertet Jürgen auf, dem Richter einen Possen zu thun."

„Das wäre von mir sehr unrecht und unklug obendrein gewesen," erwiederte Veit. „Eben darum habe ich es auch nicht gethan."

„Ihr reiztet den Bestraften dennoch durch Worte. Jürgen selbst hat dem nicht widersprochen."

Der Bettler zuckte die Achseln und sagte verschmitzt:

„Je nun, daß der Schmiedebauer dem Herrn Richter gerade schmeicheln solle, werde ich wohl nicht gesagt haben."

„Tritt ihn, daß er sich überschlägt und den Hals bricht, lauteten Eure von Vielen gehörten Worte."

„Er hat's aber nicht gethan," sagte Veit lächelnd.

„Gabt Ihr Euch nicht die Hände beim Auseinander=
gehen darauf, daß Ihr Euch am nächsten Abende an
demselben Orte wieder treffen wolltet?"

„Ich denke, das wird so gewesen sein."

„Sagte damals Veit nicht zu Euch, Michel Jürgen,
Ihr solltet ihm doch ein kleines Bündel von Eurem gu=
ten Feuerschwamme und eine Hand voll Tabak mit=
bringen?"

„Ich erinnere mich, daß Veit mich darum bat", sagte
der Schmiedebauer.

„Kamt Ihr seiner Aufforderung nach?"

„Ich that Beides, um ihn nicht zu erzürnen, ich
schämte mich aber meiner Zusage und mehr noch der Ver=
traulichkeiten, zu denen ich mich in meiner damaligen
Aufregung hatte hinreißen lassen."

„Ihr habt also ein Bündel des gewünschten Feuer=
schwammes, desgleichen Tabak von Euerm Hause mit=
genommen?"

„Ich wollte eben Veit nicht aufsätzig machen. Er
verhetzte mich so immer."

„Wo verbargt Ihr Schwamm und Tabak?"

„Damit ich es nicht verlieren oder zufällig heraus=
reißen möge, knotete ich Beides in mein tägliches Tuch."

„Könnt Ihr mir das Aussehen dieses Tuches be=
schreiben?"

„Es war roth und blau gewürfelt, mit einer weißen Kante."

„Alt oder neu?"

„Ich habe nur drei Tücher von dieser Sorte, und sie sind alle stark mitgenommen."

„Wann verfügtet Ihr Euch nach der Schenke?

„Zwischen sieben und acht. Die Uhr schlug acht, als ich meine Hand nach dem Thürgriff ausstreckte."

„Fandet Ihr Gäste daselbst?"

„Wenige; von Bekannten war nur der Veit da; er stand am Ofen und streckte mir gleich die Hand mit der Frage entgegen, ob ich auch das Versprochene mitgebracht hätte."

„Gabt Ihr es ihm?"

„Wir setzten uns erst zusammen und sprachen Man= cherlei."

„War nicht auch von Euch und der erlittenen Strafe wieder die Rede?"

„In Abrede kann und will ich das nicht stellen", ver= setzte mit Entschlossenheit der Bauer, seine finstern Augen wieder auf den aufmerksam zuhörenden Bühl richtend.

„Ihr habt, wie später Dazugekommene gehört zu haben sich erinnern, die ingrimmige Aeußerung gethan, daß, wenn dem Richter Bühl ein schweres Unglück be= gegnen sollte, Ihr ihm nicht beispringen, sondern laut darüber frohlocken würdet."

„Ich sprach, wie es mir damals um's Herz war! — Ich hatte im Stocke gesessen — um nichts — auf bloßen ungegründeten Verdacht hin! — Der Richter hatte mich unter diejenigen verwiesen, die ich niemals mir hätte sollen nahekommen lassen — und mein Herz war voll Groll!"

Jürgen sprach sichtlich ergriffen und an seiner Wim= per hingen ein paar Thränen. Der Beamte sah ihn scharf und durchdringend an. Er fuhr noch kälter und härter fort:

„Bliebt Ihr Eurer Herzensverstocktheit treu, als bald darauf die Flammen über dem Hofe des Euch verhaßten Mannes zusammenschlugen?"

„Ich blieb Mensch, ein Mensch voll Fehle! Ich habe keine Hand gerührt, um den Brand zu löschen."

„Denkt und fühlt Ihr jetzt anders?

„Mich hat's schon oft gereut, daß ich nicht anders konnte."

„Wißt Ihr, daß man Grund hat, Euch die Entsteh= ung jener verheerenden Feuersbrunst Schuld zu geben?"

„Ich habe das immer vermuthet," erwiderte Jürgen resignirt.

„Was veranlaßte Euch zu dieser Annahme?"

„Die schlechte Meinung, welche Richter Bühl von mir hatte und das Unrecht, das ich eben dieser schlechten Meinung wegen von ihm hatte erdulden müssen."

„Warum thatet Ihr nichts, was ein besseres Licht auf Euch werfen konnte?"

„Weil es nichts genützt haben würde. Mein Wort galt ja nichts mehr. Ich war ja schon vorher vor Ge= richt ein verstockter Lügner gescholten worden."

Der Beamte machte eine Pause, in welcher er sich leise mit seinen Beisitzern besprach und endlich den Rich= ter Bühl zu sich winkte. Dieser überreichte ihm ein kleines Packet. Der Beamte legte es vor sich auf den Tisch, und nahm das abgebrochene Verhör wieder auf.

„Welchen Weg schlugt Ihr ein, um nach der Schenke zu gelangen?"

„Den Fußsteig über das Feld."

„Der hinter dem Hofe des Richters dicht an dessen Scheuern vorüberführt?"

„Es gibt keinen andern."

„Ihr bliebt in der Gegend des Schafstalles stehen. Was bewog Euch dazu?"

„Das ängstliche Blöken einiger der armen Thiere."

„Konnte dies auffallen?"

„Mir fiel es auf."

„Euer Grund?"

„Wir haben einen Aberglauben; wenn Schafe im Stalle ängstlich schreien, sagt man, drohe ihnen ein Unglück."

„Theiltet Ihr diesen Volksglauben?"

„Ich dachte: sollt' es möglich sein, daß Richter Bühl auch noch einmal ins Unglück käme? Und wie ich so dachte, sah ich nach dem Stall. Da hörte ich die Schlitten im Hohlweg."

„Man hat Euch denselben Weg wieder zurückkommen sehen. Wart Ihr auf diesem Rückwege allein oder be= gleiteten Euch Andere?"

„Ich wäre lieber allein gegangen, Veit aber gab es nicht zu."

„Veit war also Euer Begleiter auf dem Rückwege?"

„Bis in den Hohlweg.".

„Und vom Hohlwege aus schlugt Ihr den Nichtweg hinter den Scheuern allein ein?"

„Ja, Herr!" sprach Jürgen, sein Auge fest auf den Beamten richtend.

Weßhalb verließ Euch denn Veit gerade im Hohl= wege?"

„Er meinte, der Richter könne ihn sehen und ihm wieder harte Worte sagen, und die hätte Veit in seiner damaligen Stimmung nicht ruhig hingenommen."

„Hattet Ihr wirklich keinen andern Grund, Veit, den Bauer Jürgen schon im Hohlwege zu verlassen?" fragte der Beamte den Bettler. „Ihr mußtet einen Um= weg machen, um nach Euerer Behausung zu kommen."

„Wahrhaftig, ich hatte nur diesen einen Grund!"
betheuerte Veit mit starker Betonung.

Der Beamte richtete seine nächsten Fragen abermals
an Jürgen.

„Nahm Veit von Euch Schwamm und Tabak in
Empfang?"

„Er that es, indem er lachend auf gute Geschäfte
mit mir anstieß."

„Ihr hattet die genannten Gegenstände in Euerm
Taschentuche. Nahmt Ihr dieses Tuch wieder an Euch?"

Dem Bauer mochte diese Frage unnöthig vorkommen.
Er fuhr mit der Hand in die Tasche seiner Jacke und
sagte dann mit großer Bestimmtheit: „Gewiß, Herr!
Warum hätte ich es liegen lassen sollen?"

„Es wäre möglich gewesen, Ihr hättet es vergessen",
erwiderte der Beamte. „Ihr kennt doch gewiß Euer
Tuch genau?"

„Mein Name steht in der einen Ecke."

Der Beamte griff nach dem Packet. Er öffnete es,
ein Tuch kam zum Vorschein.

„Für wessen Tnch haltet Ihr dieses hier?" sagte
der Beamte, dasselbe dem Bauer reichend. Jürgen
ergriff es und erwiderte ganz erstaunt, aber nicht im
Geringsten erschrocken:

„Das ist ja gerade mein Tuch! Wie kommen Sie dazu?"

„Man hat es mir gebracht. Ihr müßt es verloren haben."

Jürgen schüttelte den Kopf. Er griff wieder in seine Tasche und zog ein anderes Tuch hervor. Es glich dem ihm vorgehaltenen, nur die Kante war schmäler.

„Das gehört ja mir", fiel der Bettler ein, seine Hand danach ausstreckend. „Nun brauch' ich mich nicht zu wundern, daß ich seit unserm letzten Zusammensein ohne Nastuch herumlaufen mußte."

„Ihr erkennt also dies Tuch für Euer Eigenthum, Veit?" fragte der Beamte den Bettler. Dieser bejahte.

„Wann vermißtet Ihr dasselbe?"

„Schon am andern Tage."

„Am Tage nach dem Feuer also?"

Veit blickte zerstreut seitwärts und nickte nur mit dem Kopfe.

„Bemerktet Ihr nicht", wendete sich der Beamte wie= der an Jürgen, „daß Ihr in den Besitz eines fremden Tuches gekommen wart?"

„Ich habe nicht darauf geachtet."

„Laßt doch einmal sehen", fuhr der Beamte fort, das Tuch des Bettlers an sich nehmend. „Da sind ja Blut= flecke! Woher kommen diese?"

Richter Bühl hörte mit angehaltenem Athem diesem Examen zu. Sein scharfes Auge ruhte beobachtend bald auf Jürgen, bald auf dem Bettler, der immer befangener ward und kaum mehr aufzublicken wagte. Er gab eine unzureichende Antwort, deren Unwahrheit leicht zu erkennen war.

„Ihr lügt, Veit!" entgegnete streng der Beamte. „In diesem Tuche hat Jemand eine blutige Hand abgetrocknet."

Der Bettler schwieg.

„Wenn das Tuch nicht zufällig in Jürgen's Hände gekommen wäre durch Verwechselung, so würde man mir dasselbe übergeben haben, und ich zöge dann den Schluß daraus, daß Ihr es im Hofe des Richters Bühl liegen ließet, als Ihr dort Euer Geschäft beendigt hattet."

Veit stand mit gesenktem Kopfe vor dem Tische. Er zitterte und wechselte oft die Farbe. Jürgen athmete tief auf, als erwache er aus einem schweren, fürchterlichen Traume. Er richtete flehend seine Augen himmelwärts, faltete die Hände und murmelte:

„Gerechter Gott, bringe es an den Tag, daß ich unschuldig bin an dem Verbrechen, dessen man mich für schuldig hält!"

Conrad Bühl verließ seinen Platz. Er stand hoch aufgerichtet neben dem strengen Beamten, seine Blicke hingen an Jürgen.

„Zu welchem Zwecke erschlugt Ihr den Hund des Richters?" fragte der Beamte barsch den Bettler. „Was hatte er Euch gethan?"

„Ich konnte das Beest nicht leiden", stotterte Veit, von dieser zuversichtlichen Frage überrascht.

Conrad Bühl war nicht mehr zu halten. Er schritt auf Jürgen zu und reichte ihm die Hand.

„Vergib mir, alter Freund!" sprach er bewegt. „Ich will all' mein schweres Unrecht wieder gut machen!"

Der Schmiedebauer erfaßte die Hand des Richters, zu sprechen aber vermochte er nicht. Die schnellen scharfen Fragen des Beamten, mit welchen dieser den völlig verwirrten Veit gleichsam überschüttete, nahmen seine ganze Aufmerksamkeit in Anspruch.

„Eure Ausreden können Euch nicht retten", fuhr der unerbittliche Mann fort. „Der Hund war Euch im Wege, darum mußtet Ihr ihn tödten, und Ihr erschlugt ihn mit einer der Aexte, mit denen Jürgen den Hof betrat, um den Verdacht der schlechten Handlung auf diesen zu lenken. Für Eure Schändlichkeit mußte der Unschuldige leiden!"

Der Bettler schwieg, in diesem Schweigen aber lag ein Bekenntniß seiner Schuld. Alle weiteren Fragen blieben von ihm unbeantwortet. Das Verhör mußte abgebrochen werden.

„Ihr dürft iu Eure Wohnung gehen, Jürgen", sagte der Criminalist jetzt in theilnehmendem Tone zu dem Bauer, „doch müßt Ihr mir das Handgelöbniß geben, Euer Haus nicht zu verlassen, bis das Gericht sich von Eurer Unschuld überzeugt hat uud Euch voll= kommen frei spricht."

Jürgen zögerte nicht, dies Gelöbniß zu geben. Darauf ging er, von Conrad Bühl geleitet, zum Er= staunen Aller, welche den beiden Männern begegneten, nach seinem Hofe.

IX.

Rose hatte traurige Tage verlebt. Sie ließ sich kaum noch sehen; denn sie glaubte, alle Menschen müßten mit Fingern auf sie weisen und sich dabei zu= raunen: Das ist die Tochter des Mannes, der aus Rache und altem Groll dem Richter seinen Hof ange= zündet hat!

Den Vater hatte Rose seit seiner Verhaftuug nicht mehr gesprochen. Man ließ Niemand zu Jürgen, auf dem ein so schwerer Verdacht ruhte, und die beklagenswerthe Tochter des Eingezogenen besaß keinen Freund, keine Freundin, an deren Busen sie ihren Kummer hätte aus= weinen können. Sie wünschte sich den Tod; denn was

sollte sie noch in der Welt, die ihr doch keine Freuden
mehr bieten konnte!

Anfangs hoffte sie noch, der junge Bühl werde sie
nicht ganz, nicht für immer vergessen, aber er blieb
einen Tag nach dem andern aus, und so mußte sie sich
mit dem Gedanken vertraut machen, daß auch Jacob
nichts mehr von ihr wissen möge.

Wie erstaunt war nun das tiefbetrübte Mädchen, als
sie jetzt auf einmal den stolzen Richter den Garten herauf=
schreiten sah in vertraulichem Gespräch mit ihrem Vater!
Sie glaubte, ihr Auge trüge sie, es müsse eine andere
Person sein, deren Hand der Richter fest in der seinigen
hielt. Wie aber der Vater Rose zunickte, als er das
vergrämte Gesicht seines Kindes gewahrte, eilte sie hinaus
und stürzte auf dem Hofe mit lautem Freudenruf an
seine Brust.

„Du bist frei, Gott Lob, Gott Lob!" rief sie aus.
„Du bist unschuldig, ich wußt' es!"

Jürgen sah gerührt auf sein Kind herab. Er strich
ihr mit der schwieligen Hand über die Stirn und
versetzte:

„Unschuldig bin ich, Gott weiß es, und frei hoffe
ich von jetzt an auch zu bleiben. Es wird besser werden,
meine Tochter; denn die Sonne will wieder aufgehen.
Hier dein Pathe ist derselben Meinung."

Ein furchtsamer Blick Rose's streifte den Richter.
Dieser verstand das Mädchen. Er streckte ihr die Hand
entgegen, indem er sagte:

„Sieh mich nicht so vorwurfsvoll an, Rose! Ich
habe viel gut zu machen bei Dir und Deinem Vater,
und der Wille dazu ist in mir lebendig. Du mußt
nun aber das Vergangene. auch vergessen. Es ist
Mancherlei vorgefallen auf beiden Seiten, was unsern
Verstand umnebelte. Und da sind wir denn im immer
dichter fallenden Nebel neben einander fortgegangen,
haben uns gestoßen und geschuppst anstatt uns als
Freunde fortzuhelfen, bis endlich ein tiefer Abgrund vor
uns lag, der uns bei einem Haar Beide verschlungen
hätte. Es war ein Lichtstrahl von Oben herab nöthig,
und wir müssen Gott preisen, daß er ihn uns sendete
zu rechter. Zeit!"

Rose hörte mit gespannter Aufmerksamkeit auf die
Worte des Richters, obwohl sie den Zusammenhang des
Geschehenen nicht begriff. Von dem Geständnisse Veit's
hatte sie keine Ahnung, sie glaubte daher, es sei dem
Gericht aus wiederholten Vernehmungen ihres Vaters
nun einleuchtend geworden, daß man ungerechterweise
diesem ein Verbrechen habe aufbürden wollen, dessen er
nicht fähig war.

„Du sollst Alles erfahren, Pathe", fuhr der Richter

fort, „denn ich denke, wir werden in's Künftige mehr beisammen sein, als vordem. Bei mir sehen kann ich Dich freilich nicht, die Mauern zu meinem neuen Hause sind noch keinen Fuß hoch über den bei Seite geräumten Schutt heraus gewachsen. Zum Frühjahr soll die Ar= beit rascher gehen und zum Herbst, will's Gott, sitze ich wieder in Ruhe auf meinem Hofe. Dann soll er ein= geweiht werden mit einem fröhlichen Essen, und wer weiß, ob ich zu diesem Essen nicht ein halb Dutzend Musikanten munter auffspielen lasse. Du magst doch gern tanzen, Pathe?"

Rose lächelte erröthend, doch blieb sie Bühl die Ant= wort schuldig. Dieser schüttelte ihr nochmals die Hand und wandte sich dann zu Michel Jürgen.

„Auf Wiedersehen, Nachbar!" sprach er, mit Ge= walt eine heftige Bewegung niederkämpfend. „Du bist in guten Händen bei Deinem Kinde, und daß Ihr Euch nicht vertragen solltet, ist jetzt wohl kaum mehr zu fürch= ten! — Vor mir liegt ein schwerer Gang und ein schweres Stück Arbeit wartet meiner. — Ich muß hin= treten vor Frau und Kinder, und ihnen eine Beichte ab= legen, die mir sauer ankommt. Der aber ist kein Ehren= mann, der sich schämt zu sagen, so er es verdient hat: ich bin gewesen ein ungerechter Haushalter lange Zeit, und darum muß ich anitzo Leid tragen!"

Die Nachbarn trennten sich. Jürgen ließ sich von der Tochter ins Haus geleiten, wo er nach einiger Zeit so viel Sammlung gewann, daß er derselben das jüngst Geschehene mittheilen konnte. Rose war erschüttert, in ihrem Herzen aber regte sich doch ein wohlthuendes Ge= fühl. Die Gewißheit, das Schwerste müsse nach dieser ernsten Prüfung überstanden sein, gab ihr Hoffnung, daß nach so trüben Tagen auch wieder heitere kommen wür= den. Das hatten ja auch die Abschiedsworte des strengen Pathen angedeutet, der schwerlich so gesprochen hätte, wäre er nicht schon mit sich selbst über sein zukünftiges Handeln vollkommen einig gewesen.

Conrad Bühl, in allen Dingen ein entschlossener und dann auch jederzeit energisch handelnder Mann, schonte sich jetzt durchaus nicht. Er hatte, durch eine Reihe betrübender Umstände irre geleitet, den Charakter Jür= gen's verkannt. Nur dieses Verkennen konnte den unseli= gen Verdacht erzeugen, dem der schuldlose, höchstens seiner unüberlegten Reden wegen sträfbare Mann fast zum Opfer gefallen wäre.

Bühl sah gar wohl ein, daß sein Verfahren gegen Jürgen diesen um Ehre und guten Namen gebracht hatte. Es war daher jetzt seine Pflicht, diese Wirkungen seines rücksichtslosen Benehmens wieder aufzuheben.

Der Richter mußte einen harten Kampf mit seinem

Stolz bestehen, ehe er völlig Macht über sich gewann. Seine strenge Redlichkeit ließ ihn aber den Sieg über den eingebildeten Werth davontragen. Er machte sich per= sönlich auf den Weg, um von Hof zu Hof zu gehen und jedem Einzelnen zu erzählen, daß Michel Jürgen unschuldig sei, daß die Tücken des nichtswürdigen Bettlers und seine eigne Leidenschaftlichkeit so Beklagenswerthes veranlaßt hätten. Gleichzeitig ließ Conrad Bühl durch= blicken, daß er nicht anstehen werde, denjenigen hart zu bestrafen, der sich etwa einfallen lassen möchte, dem Schmiedebauer das Vorgefallene nachzutragen oder e= legentlich entgelten zu lassen.

Dieser gewichtige Schritt des Richters war von den erfreulichsten Folgen begleitet. Noch vor Abend füllte sich der Hof des Freigesprochenen mit Besuchenden, die den Bauer beglückwünschen und ihm die Hand reichen wollten. Jürgen selbst war ebenfalls wie neugeboren. Während seiner kurzen Haft konnte er der traurigen Neigung, die ihn so weit herabgebracht hatte, nicht fröhnen. Er kam zu der wohlthätigen Einsicht, daß nur ein Mann, der stets seine Besonnenheit behalte, wirklich den Namen eines rechtlichen Mannes verdiene, und auf die Achtung Aller gerechten Anspruch habe. Er gelobte sich daher, nie wieder von unglücklichen Neigungen sich fortreißen zu lassen. In dieser Beziehung hatte er sogar

Urſache, dem Richter Dank zu ſagen für ſein rückſichts=
loſes Verfahren; denn er geſtand es ſich mit innerm
Entſetzen ſelbſt, daß er ohne dieſes Unglück rettungslos
dem Laſter des Trunkes erlegen ſein würde.

X.

Jacob Bühl war im Auftrage ſeines Vaters über
Land geweſen. Der Richter wünſchte von ſeinem Sohne,
der ſeit Jürgen's Verhaftung ungewöhnlich ſtill und zu=
rückhaltend geworden war, nicht beobachtet zu werden,
und darum hatte er ihn fortgeſchickt. Spät Abends erſt
kehrte Jacob zurück. Der Ort war ſchon ſtill, es begeg=
nete ihm Niemand. Um ſo mehr wunderte es ihn, daß
in Jürgen's Wohnung noch Licht brannte.

„Was mag die arme Roſe wohl machen!" ſeufzte er
„Da ſitzt ſie einſam mit einer einzigen Magd auf dem
verſchuldeten Hofe, und Niemand getraut ſich, ſie nur zu
grüßen. Wenn ich doch Macht beſäße, das zu ändern!"

Er ging vorüber, denn, um den Zorn ſeines Vaters
nicht zu erregen, durfte er nicht wagen, gegen deſſen
ſtrenges Verbot zu ſündigen. Als er die Schmiede be=
trat, mehrte ſich die Verwunderung des jungen Bühl.
Hier wohnte ſeit dem Feuer die Familie des Richters,
und wenn auch oft Leute kamen und gingen, ſo gab es

doch nur wenig Leben, weil der verdüsterte Richter kein
Freund von lebhafter Unterhaltung war. Heute aber
hörte Jacob heiteres Lachen vieler Stimmen. Es mußten
eine Menge Menschen sich in der Schmiede zusammen=
gefunden haben, und was sie einander mittheilten, konnte
nur Angenehmes sein, sonst wäre es gewiß nicht so leb=
haft zugegangen.

Erwartungsvoll trat Jacob ein. Er sah seinen Vater
in der Mitte einer Anzahl geachteter Männer stehen,
heiteren Antlitzes, die Hand erhoben, als wolle er eine
Anrede an sie halten. Beim Anblick des Sohnes senkte
er die Hand, und die Nächsten zurückdrängend, ging er
ihm entgegen.

„Der ist's, von dem ich spreche!" rief er lebhaft
aus. „Er soll mein Unrecht gut machen, und er thut's,
wenn's ihm auch schwer fallen sollte!"

Jacob blieb sprachlos, fast erschrocken an der Thür
stehen.

„Was soll ich gut machen?" fragte er dann geäng=
stigt, denn der Nachsatz seines Vaters machte ihm Be=
denken.

„Was ich an Jürgen verbrochen habe," erwiederte
der Richter.

„An Jürgen?"

„Es ist, wie ich sage", fuhr Bühl mit einiger Hast

fort, als habe er gar keine Zeit zu verlieren, und als
peinige es ihn auch davon zu sprechen. „Der Mann ist
unschuldig — die Beweise liegen vor. Er sitzt frei drü=
ben bei seiner Tochter, und wenn Du mir ein Sohn
sein willst, an dem ich Wohlgefallen haben soll, so richte
Dich darauf ein, daß meine Pathe dereinst meine Toch=
ter wird."

„Vater!" rief Jacob. „Ist das Dein Ernst?"

„Ich dächte, Du wüßtest, daß ich nicht gern spaße!"

„Auf baldige Verlobung!" riefen fröhlich die Um=
stehenden.

Jacob zog den Vater bei Seite.

„Ich hätte doch nie ein anderes Mädchen geheirathet,
als Rose, Vater", sprach er bewegt. „Sie war im Her=
zen meine Braut schon vor der schrecklichen Feuernacht.
Und hätte ich warten sollen bis —"

Der Richter ließ den Sohn nicht aussprechen.

„Gedacht hab' ich's mir, Jacob," fiel er ein, „zuge=
geben aber hätt' ich's nicht bei meinen Lebzeiten, wäre
das wahr gewesen, was sich zum Glück als unwahr dar=
gestellt! Jetzt bin ich's zufrieden, wenn Du schon morgen
beim Vater um sie anhältst. Die Hochzeit werd' ich
ausrichten. Mit ihr will ich das neuerbaute Haus ein=
weihen."

Die Freunde des Richters blieben noch einige Zeit

beisammen. Gesprächsweise erfuhr jetzt der junge Bühl
den Hergang der Sache, die Art und Weise, wie Veit
sich selbst verrathen und später so durch seine Antworten
verstrickt hatte, daß er, immer mehr gedrängt und in die
Enge getrieben, noch vor Abend ein volles Geständniß
ablegte.

Es klärte sich jetzt Vieles auf. Veit grollte Jürgen
schon Jahre lang, weil dieser ihm oft Vorwürfe wegen
seines Nichtsthuns gemacht und, wenn er demüthig bittend
an seiner Thür erschien, ihn wiederholt barsch abgewiesen
hatte. Den Richter haßte der Herumtreiber, aber er
fürchtete ihn auch und wagte deshalb nicht, ihn durch
Worte oder widersetzliches Betragen zu reizen. Daß
Conrad Bühl nicht mit sich scherzen ließ, hatte er zu
wiederholten Malen selbst erfahren. Allerdings behandelte
ihn der hochfahrende Mann geringschätzig. Er hielt ihn
entschieden für höchst unbedeutend, und so oft Veit ein
Gesetz übertrat, folgte die Strafe auf dem Fuße nach.
Warnungen und Verweise erhielt er von Conrad Bühl
wöchentlich, und wenn er ihn auch nicht immer von sei=
ner Thür wies, so reichte er ihm doch auch keine Gabe,
ohne Bemerkungen hinzuzufügen, welche Veit ergrimmten.

Da traf es sich eines Tages, daß der Hund des
Richters frei im Hofe herumlief. Wie die meisten die=
ser Thiere konnte auch dieser bettelhaft gekleidete Perso=

nen nicht gut leiden. Er bellte und verfolgte den Herum=
streicher. Das Rufen und Abwehren Veit's vermehrte
nur den Zorn des Thieres. Es erfaßte den Knotenstock
des Bettlers und wollte ihn diesem entreißen. Veit aber
stieß den Hund mit dem scharfen Ende empfindlich an
die Nase, worauf das Thier mit wildem Sprunge den
Bettler packte und ihm eine tiefe Wunde beibrachte.

Dem Richter war dieser unangenehme Vorfall sehr
fatal. Er wollte den Gebissenen durch eine Entschädigung
abfinden, allein Veit wies dies Anerbieten zurück. Wohl
wissend, daß Conrad Bühl dem bestehenden Gesetze zu=
wider sein als gefährlich bekanntes Thier frei hatte herumlaufen lassen, zog er es vor, den Richter zu verklagen.
Er wußte, daß er den stolzen Mann gar nicht tiefer
kränken könne; denn als Richter, der auf strenge Hand-
habung der Gesetze zu achten hat, selbst bestraft zu wer=
den wegen nachweißbarer Nichtachtung oder gar wissent=
licher Uebertretung derselben, mußte diesem höchst ärger=
lich sein. Veit aber wollte den stolzen Mann gerade
empfindlich kränken, und deshalb zog er die Klage einer
Abfindung im Stillen vor. Bühl ward natürlich con=
demnirt, und ein Verweis unter vier Augen blieb auch
nicht aus.

Seit dieser Zeit war dem Richter der bloße Anblick
des Bettlers, der wöchentlich ein paar Mal vorkam und

mit grinfenber Freunblichfeit um ein Almofen bat, höchſt
wiberwärtig, unb mehr benn einmal erregte er ihm bie
Galle. Die geringfügigſte Veranlaſſung benutzte Conrab
Bühl zu ſcharfer Zurechtweiſung bes ihm jetzt völlig
wibermärtig geworbenen Menſchen. Dieſer bagegen ſann
unter ſeiner freunblich bevoten Maske auf Rache.

Veit war jeboch zu flug, um in täppiſcher Weiſe
ſeinen Groll gegen ben Richter auszulaſſen. Er zeigte
in bieſer Hinſicht mehr Lebensflugheit, als Bühl, ber
fein Hehl aus ſeinem Wiberwillen gegen ben Bettler
machte. Er wollte ſicher gehen, ſein Ziel erreichen, burch=
aus aber feinen Verbacht erregen. Aus bieſem Grunbe
ſah er ſich nach einem Dritten um, ben er, ohne ihn
in's Geheimniß zu ziehen, in auffallenber Weiſe ver=
bächtigen fönne.

Böſe Menſchen werben häufig burch ben Zufall in
ihren verwerflichen Plänen unterſtützt. Das Herabkom=
men bes Schmiebebauers, beſſen Reigung zum Trunf
unb ſein alter Groll gegen ben Richter boten bem Rach=
ſichtigen einen vortrefflichen Anhaltepunkt. Michel Jür=
gen behanbelte ben Bettler zwar auch mit Geringſchätzung
unb hütete ſich wohl, mit ihm zu verfehren, wenn er
ſeiner Sinne vollkommen mächtig war. In trunfenem
Muthe aber zeigte ſich Jürgen zugänglicher. Er vertrug
ſich bann mit Jebem, ber ihm Schmeichelworte ſagte, unb

wer gar auf den hochfahrenden Richter schimpfte, den
konnte er in solchen Augenblicken sogar mit Freundschafts=
bezeugungen überhäufen.

Es gelang dem schlauen, heimtückischen Veit, den
immer tiefer sinkenden Bauer in die verrufene Schenke
zu verlocken. Hier traktirte Jürgen jeden Gast, ging,
von dem Bettler durch spitzige Stichelreden gereizt, mit
höchst unbedachtsamen Worten gegen den Richter heraus,
und wünschte ihm alles nur denkbare Böse. Wiederholt
äußerte er hier unter Menschen, die er selbst verachtete,
den Wunsch, das Gewese seines Jugendfreundes möge
in Flammen aufgehen.

Feuer an Gebäude verhaßter Personen zu legen, war
damals die gewöhnliche Art, um für vermeintlich erlittene
Unbill Rache zu nehmen. Die leichte Bauart der Höfe,
die allerwärts noch übliche Strohbedachung derselben be=
günstigte das Anstecken, und war ein Rachsüchtiger nur
einigermaßen vorsichtig, so hielt es sehr schwer, den Ur=
heber derartiger Schändlichkeiten zu ermitteln.

Veit's Plan war schnell gemacht. Michel Jürgen
sollte statt seiner büßen, wenn es ihm gelänge, das schänd=
liche Vorhaben auszuführen. Wochenlang strich er in
unmittelbarer Nähe der beiden verfeindeten Nachbarn
herum, theils um die Gelegenheit auszuspioniren, theils
um sich mit allen Gewohnheiten Jürgen's bekannt zu

machen. So lernte er diesen auf das Genaueste kennen.
Er war Zeuge der Verjagung Rose's aus dem Hause
des Vaters; er belauschte das Gespräch des Richters
mit Jürgen und hörte dessen Drohworte, er sah endlich
in der darauf folgenden Nacht den Schmiedebauer mit den
blanken, geschliffenen Aexten in den Hof des Richters treten.

Eine schicklichere Gelegenheit, seinen Racheplan zur
Ausführung zu bringen, konnte es gar nicht geben. Veit
schlich deshalb dem Bauer nach und versteckte sich unter
der Einfahrt. Sein scharfes Auge ließ den Lauernden
erkennen, wohin Jürgen die Aexte stellte. Er hörte unter
schadenfrohem Herzklopfen das Gebell des bissigen Hundes
und die beschwichtigenden Schmeichelworte des Bauers,
und als dieser an ihm vorübergegangen war und bereits
den Hof verlassen hatte, glitt er wie eine Schlange nach
dem Schuppen, erfaßte eine der Aexte und traf mit der
Schärfe derselben den heulend gegen ihn heranspringenden
Hund. Es war das Werk weniger Augenblicke. Von
dem spritzenden Blute des verröchelnden Thieres ward
jedoch seine Hand besudelt. Unbedachtsam zog er sein
einziges schlechtes Taschentuch und trocknete sich damit ab.
Wer sollte das Tuch sehen, wer überhaupt auf den Ge=
danken kommen, er, der schon lange nichts mehr mit
Conrad Bühl zu schaffen gehabt habe, könne der Thäter.
gewesen sein!

Alles ging nach Wunsch. Das Herz des schlechten Menschen frohlockte, als der jähzornige Richter den Schmiedebauer trotz seines Läugnens und Schwörens, daß er völlig unschuldig sei, in den Stock werfen ließ. Nach diesem Vorgange durfte Veit Alles wagen, und auch hier ebnete ihm wieder der Zufall die Wege. Jürgen trug ihm mit eigener Hand die Brennmaterialien zu, deren er sich zu dem zu begehenden Verbrechen bedienen wollte, und legte sie vor den Augen des Wirthes auf den Tisch mit der zweideutigen Bemerkung, mit so viel Schwamm könne man ein halbes Dorf in Brand stecken.

Veit bediente sich des Tabaks und erst als der Bauer aufbrach, ergriff er das Tuch sammt dem Schwamme und folgte ihm. Unterwegs vermißte der Bauer sein Tuch, er fragte den Bettler danach und dieser reichte ihm das seinige, ohne es selbst zu wissen.

Es war nicht Veit's Absicht, das Tuch liegen zu lassen nach Besorgung seines finsteren Werkes, nur die Furcht, von Conrad Blühl bemerkt zu werden, dessen Stimme er hörte, ließ es ihn vergessen. Er mußte sich schleunigst entfernen, um beim Ausbruch der Flammen nicht von irgend Jemand in unmittelbarer Nähe des Gehöftes bemerkt zu werden. Der Schnelligkeit seiner Füße gelang es, zu entkommen, noch ehe der Feuerruf die Nachbarn aufschreckte. Hinter eine Hecke geduckt, sah er haßerfüllt die rothe Lohe aus dem Giebel schlagen. Sein Zweck war erreicht; Bühl's Besitzthum verzehrten die Flammen, und auf Michel Jürgen, den unbedachten Mann, mußte der Verdacht der Brandstiftung fallen. Das verloren gegangene Tuch machte ihm keine Sorge. Er war gewiß, entweder habe es der starke Wind verweht, oder es werde vom Feuer verzehrt worden sein. Daß es dem Richter noch vor Ausbruch der Flammen in die Hände fallen könne, und daß gerade dieser Zufall ihn später als Brandstifter werde verrathen müssen, davon hatte Veit auch nicht die entfernteste Ahnung.

Einmal überführt und der That geständig, verließ den Bettler sein bis dahin zur Schau getragenes freches Wesen. Er brach in sich zusammen aus Furcht vor dem Loose, das seiner harrte. Ein mildes Urtheil stand ihm nicht bevor, denn es ließen sich keine Milderungsgründe anführen, die seine doppelt gehässigen Thaten in einem weniger gehässigen Lichte hätten erscheinen lassen. Die Ueberzeugung, es sei ihm nicht mehr zu helfen, er habe rettungslos das Leben verwirkt, veranlaßte ihn, noch vor geschlossener Untersuchung Hand an sich selbst zu legen. Man fand ihn eines Morgens todt in seinem Gefäng= nisse. Er hatte sich in knieender Stellung mehr erdrosselt als erhenkt.

Niemand beklagte den Tod des Herumstreichers, auf

Jürgen aber machten diese Vorgänge einen unauslösch=
lichen und wohlthätigen Eindruck. Der Abgrund, der
sich in schauerlicher Tiefe vor ihm aufgethan, schreckte
ihn zurück von einem Wege, der nur in's Verderben
führen mußte. Er ward wieder häuslich und entsagte
dem leichtsinnigen Leben, dem er seit geraumer Zeit sich
aus Aerger, Groll und Verzweiflung ergeben hatte. Das
Glück der Tochter, die sich alsbald mit Jacob Bühl ver=
lobte, erfüllte auch ihn wieder mit neuen Lebenshoff=
nungen.

Schon zu Anfange des Sommers waren sämmtliche
Gebäude des Richters wieder soweit hergestellt, daß sie
zur Noth bezogen werden konnten. Diesen Einzug der
Familie Bühl's, deren einzelne Mitglieder ein viel herz=
licheres Benehmen gegen einander an den Tag legten,
als man es vor dem Brandunglücke gekannt hatte, feierte
der Richter durch das Verlobungsfest seines Sohnes mit
der frischen, jetzt heitern und glücklichen Tochter des
Nachbars. Die Jugendfreundschaft zwischen Bühl und
Jürgen ward gleich dem Hause wieder von Neuem,
und diesmal zu dauerndem Bestehen, aufgerichtet. Die
Flammen des alten Hauses, die Jürgen in's Verderben
zu stürzen drohten, läuterten die Herzen zweier eigen=
sinniger Männer und ließen Beide erst deren wahren
Werth erkennen. Conrad Bühl hat dem wieder gewon=

nenen, nunmehr völlig versöhnten Freunde alles ihm
zugefügte Unrecht durch die aufrichtige Theilnahme ab,
die er jetzt für ihn an den Tag legte. Beide Männer
unterstützten sich gegenseitig in allen ihren Unternehmungen,
und als gegen Ende des Sommers in dem festlich ge=
schmückten Hause des Richters die Hochzeit der Verlobten
in herkömmlicher Weise höchst pomphaft gefeiert wurde,
war der Brautvater unter den Fröhlichen einer der Fröh=
lichsten. Er tanzte, zum ersten Male nach Johanna's
Verlobung, wieder mit dieser Frau, deren schlecht ge=
haltene Treue die Quelle alles Unglücks war, das ihn
betroffen hatte.

Auch Bühl's Tochter fügte sich in das Unvermeidliche.
Es ward ihr zwar anfangs schwer, ihrer jungen Schwägerin
so freundlich zu begegnen, wie diese es erwarten durfte;
ein strenges Wort des Vaters aber und ein zurechtweisen=
der Wink Johanna's, die mit stiller Freude die allge=
meine Versöhnung betrachtete und diese durch nichts
mehr gestört zu sehen wünschte, machten auch das junge
Mädchen bald andern Sinnes. Conrad Bühl erwarb
von Jürgen dessen Hof und bestimmte ihn seiner Tochter
als dereinstige Mitgift, unter der Bedingung, daß sein
Freund bis zum Tode ungestört daselbst wohnen und
ein sorgenloses Leben führen solle. Das eigene Gewese
trat er ein Jahr später seinem Sohne ab, ohne daß

durch diesen in aller Form Rechtens erfolgten Abtritt äußerlich eine Veränderung bemerkbar ward. Conrad Bühl blieb immer die Hauptperson auf dem Hofe. Seine Stimme ward vor Allen gehört, und Jacob pflegte nie etwas Wichtiges zu unternehmen, ohne zuvor seinen Vater zu Rathe zu ziehen.

Als Richter ward Bühl ungleich milder. Er urtheilte erst nach langem Prüfen, und war er genöthigt zu strafen, so geschah es in möglichst milder Form, nie hart und rauh, und Worte des Vorwurfes eines hochfahrenden Sinnes hörte nie mehr Jemand von dem meist in sich gelehrten Manne, der am liebsten nur mit Jürgen und seinen Kindern verkehrte.

Der verhängnißvolle Schmuck.

1. Ein Hochzeitsgeschenk.

In einer bedeutenden Stadt des Rheinlandes, ausgezeichnet durch Lage und Geschichte, und von jeher der Sammelplatz zahlreicher Fremden, war das Haus des bejahrten Domcapitulars Rüterfen der Mittelpunkt der vornehmen und intelligenten Gesellschaft. Außer den Einheimischen aus den angeseheneren Familien hatten Fremde von Distinction stets Zutritt in die Cirkel des Domcapitulars und fanden daselbst jederzeit zuvorkommende Aufnahme wie angenehme Unterhaltung. Ungeachtet seiner siebzig Jahre war der alte Herr noch immer rüstig, nahm lebhaft Theil an Allem, was Zeit und Welt bewegte, und konnte für die Seele der Gesellschaft gelten, die sich beinahe Tag für Tag in seinem großen, geschmackvoll eingerichteten Hause zusammenfand. Hier lernten Fremde einander kennen, hier knüpften sich geistige Beziehungen an, hier ward wol dann und wann eine

Willkomm. Am grünen Tische. I.

Bekanntschaft angebahnt, die sich später zu einem innigeren und bleibenden Verhältniß gestaltete. Seit zwei Jahren hatte das Haus des Domcapitulars in der Person seiner jungen Nichte Rosaura, der einzigen Tochter seines ver= storbenen Bruders, des ehemaligen geheimen Staatsrathes Doctor Rütersen, eine neue Bewohnerin erhalten. Ro= saura war mehr als hübsch, aufgeweckten Geistes und hoch gebildet. Eine verständige Erziehung hatte glückliche Naturanlagen so harmonisch entwickelt, daß die junge Nichte des Domcapitulars unter ihren Schwestern eine entschieden hervorragende Stellung einnahm.

Rütersen gewahrte sehr bald den Eindruck, welchen Rosaura auf die meisten Personen machte, die sein gast= freies Haus besuchten. Der schönen Nichte huldigte die Jugend und schmeichelte das Alter. Jedermann sah das stets heitere Mädchen gern, und wenn sie zufällig ein= mal nicht in der Gesellschaft zugegen war, so empfanden Alle ihre Abwesenheit.

So wenig nun auch der Domcapitular daran dachte, seiner Nichte, deren Gegenwart ihm selbst in jeder Hin= sicht angenehm war, eine Versorgung zu geben, so wenig war er auch abgeneigt, einer entschiedenen Neigung, wenn diese sich einen würdigen Gegenstand aussuche, entgegen zu treten. Rosaura besaß ein nicht unbedeutendes Ver= mögen, und da Rütersen selbst ein großes Einkommen

hatte, andere nahestehende Verwandte aber keine Erban=
sprüche an ihn machen konnten, so war es ihm frei ge=
geben, der Nichte im Fall einer Vermählung derselben
von seinem eigenen Vermögen noch eine beträchtliche
Summe zuzulegen. Diesen möglichen, ja wahrscheinlichen
Fall hatte Mütersen schon vor dem Tode seines Bruders
in Erwägung gezogen und deshalb ein Testament gemacht,
in welchem Rosaura zu seiner Universalerbin eingesetzt
wurde, falls er selbst noch vor ihrer Verheirathung aus
dem Leben abgerufen werden sollte. Vermählte sich aber
die Nichte noch bei seinen Lebzeiten, so erhielt sie vor=
erst nur eine Ausstattung von ihrem Onkel, während
dessen eigentliches Vermögen, mit Ausschluß einer Anzahl
Legate für milde Stiftungen, ihr erst später zufiel.

Dem Publicum der feineren Gesellschaft waren diese
Vorkehrungen der getroffenen letztwilligen Verfügungen
des Domcapitulars kein Geheimniß geblieben. Man
sprach davon in mehr als einem Kreise, und es konnte
deshalb nicht auffallen, daß Rosaura, durch Jugendfrische,
Bildung, natürlichen Verstand und Vermögen ausgezeichnet,
für eine glänzende Partie angesehen wurde.

Das junge Mädchen selbst dachte wohl am wenigsten
an das, was alle Welt beschäftigte. Sie blickte mit
schöner Unbefangenheit um sich und genoß den heitern
Augenblick, ohne sich peinlich Rechenschaft darüber abzulegen.

7 *

Lange inbeß sollte Rosaura nicht so harmlos bleiben. Die vielen Gäste im Hause ihres Onkels, unter denen es an ausgezeichneten Männern von Rang und Namen nicht fehlte, ließen sie nicht alle gleichgiltig. Einer be= sonders, welcher eine seltene Erzählergabe besaß, mehrere Sprachen mit Leichtigkeit handhabte und überall in Eu= ropa daheim zu sein schien, zog Rosaura unwiderstehlich an. Sie sah ihn unter allen jüngeren Männern ent= schieden am liebsten, ließ dies auch, vielleicht ohne es zu wollen, in Kleinigkeiten durchblicken und fühlte sich nach einiger Zeit demselben herz= und geistverwandt. Auch der Domcapitular bemerkte diese nur nach und nach sich vollziehende Verwandtlung seiner Nichte, fand aber keine Veranlassung, sie zu stören. Graf von Weckhausen stand in dem Rufe eines höchst achtbaren Mannes, ob= wohl er sich erst vor Kurzem in der Gegend angekauft, nicht aber im strengen Sinne des Wortes auch daselbst niedergelassen hatte. Einige Monate des Jahres ver= brachte er theils auf dem käuflich erworbenen Gute, theils in der Stadt. Diese Zeit war für Weckhausen wirklich eine Zeit der Muße, eine Siesta nach angestrengter Arbeit, um sich zu neuer Thätigkeit zu kräftigen. Fühlte der Graf sich wieder hinlänglich gestärkt, so verreiste er gewöhnlich auf zwei bis drittehalb Monate, kehrte dann wieder zurück und brachte durch seinen Wiedereintritt in

die Gesellschaft neues Leben, neuen Reiz in deren zwang=
lose Reunions.

Aurelio von Wechhausen liebte es nicht, direct von
sich zu sprechen, da er aber in Folge seiner häufigen
Reisen immer ganz von selbst zum Erzählen genöthigt
ward, konnte er seine eigenen Verhältnisse nicht ganz mit
Stillschweigen übergehen. So erfuhren denn Alle, die
es wissen wollten, daß der Graf einträgliche Quecksilber=
gruben in Spanien besaß und daß er vorzugsweise der
Rentabilität derselben seine großen Einkünfte zu danken
habe. Obwohl Aurelio mit liebenswürdiger Bescheiden=
heit sich alle tieferen Kenntnisse der Hüttenkunde absprach,
gab er doch eben so unbefangen zu, daß er die Ver=
waltung derselben praktisch erlernt habe und daß er sich
von den in den Gruben Angestellten nichts vormachen
lasse. Gerade aus diesem Grunde und damit er stets
eine genaue Uebersicht behalte, müsse er so oft verreisen.
Er pflege am liebsten seine Beamten wie seine Arbeiter
zu überraschen, weil er die Einsicht gewonnen habe, daß
nur auf solche Weise Unterschleifen und anderen Be=
trügereien vorgebeugt werden könne.

Aber auch andere Gegenden besuchte der unterrichtete,
in gesellschaftlicher Hinsicht zu den ausgezeichnetsten Per=
sönlichkeiten gehörende Graf. Er kannte Frankreich genau,
war in der Schweiz kein Frembling und sprach über

Italien, namentlich über die Städte Ober= und Mittel=
Italiens, wie ein Mann, der zu wiederholten Malen
längere Zeit daselbst gelebt haben mußte.

Durch alle Kreise der Gesellschaft machte daher die
Nachricht von der Verlobung Rosaura's mit dem Grafen
Aurelio von Weckhausen frohe Sensation. Die Meisten
hatten diesen Ausgang erwartet, einige Wenige nur ihn
für nicht ganz wahrscheinlich gehalten.

Der Domcapitular versäumte nicht, der Verlobung
seiner glücklichen Nichte einen möglichst ostensiblen Cha=
rakter zu geben. Er freute sich, daß der ihm so nahe
Verwandten, deren zeitliches Wohl ihm aufrichtig am
Herzen lag, durch seine Gastfreiheit ein so beneidens=
werthes Loos gefallen sei. Nun war es seine Absicht,
der Welt zu beweisen, daß auch er selbst dies Glück zu
schätzen wisse, und aus diesem Grunde ward ein Ver=
lobungsfest gefeiert, wie die Gesellschaft kaum je ein
ähnliches erlebt hatte.

Das Glück der jungen Braut wäre vollkommen ge=
wesen, hätte nicht wenige Tage nach dieser Festlichkeit
Aurelio abermals eine seiner unaufschiebbaren Geschäfts=
reisen antreten müssen. Rosaura kostete der Abschied von
dem Geliebten, den sie wahrhaft verehrte, viele Thränen.
Aurelio erschöpfte seine ganze Ueberredungsgabe, um die
Geliebte zu beruhigen, und versprach, als er sich schließ=

lich von der Betrübten losriß, sie bei seiner Rückkehr, die er möglichst beschleunigen wollte, durch eine Ueber= raschung zu erfreuen.

Wider Verhoffen blieb der Graf auch kürzere Zeit aus, als man es die Jahre her, seitdem man ihn kannte, an ihm gewohnt war. Die Sehnsucht nach der seiner harrenden Braut mochte ihm doch keine Ruhe gelassen haben. Mit offenen Armen von Rosaura und dem hoch= erfreuten Domcapitular empfangen, war sein erstes Ver= langen, das er an Letzteren stellte, die Bitte um Be= schleunigung der Vermählung. Der alte Herr hatte nichts dagegen einzuwenden; es wurden in möglichster Eile alle bereits eingeleiteten Anordnungen vollends be= endigt und der Hochzeitstag, zu dem zahlreiche Einladungen ergingen, festgesetzt.

Den Vorabend desselben verlebte Aurelio von Weck= hausen in der Wohnung des Domcapitulars, wo sich eine nur aus den intimsten Freunden und Freundinnen der Braut bestehende Gesellschaft einfand. Man wollte diesen schönen Abend nicht einsam und einsylbig, aber in der erquickenden Stille behaglicher Häuslichkeit, nur von wirklich erprobten Freunden umgeben, verbringen.

Von diesem Gesichtspunkte faßte auch der Graf dies Zusammensein auf, der im Allgemeinen mehr das lautere Geräusch einer großen und recht bunten Gesellschaft liebte.

Er meinte, eine solche sei deshalb viel angenehmer, weil
unter der großen Menge der Einzelne sich mehr verliere
und mithin Jeder weit leichter sich unbeobachtet ganz nach
seinem individuellen Geschmack amüsiren könne.

In diesem kleinen Cirkel vertrauter Freunde befand
sich indeß Graf von Weckhausen sehr wohl, und gerade
weil man ganz unter sich, gewissermaßen en famille
war, benutzte er diese ihm günstig scheinende Gelegenheit,
um sein Rosaura gegebenes Versprechen zu halten.

Ein Bedienter erschien und überreichte der schönen
Braut eine Kapsel in Form eines mittelgroßen Bechers.
Sie war von rothem Leder, sehr fein gearbeitet und
offenbar ganz neu, und als Rosaura die feinen Silber=
haken derselben löste, und die Kapsel auseinander fiel,
blinkte ihr ein kostbarer Pokal von Gold daraus ent=
gegen, dessen oberer Rand etwa einen Zoll breit unterhalb
der Mündung mit Diamanten und Rubinen besetzt war.
In meisterhaften Gravirungen zeigte die eine Seite
dieses werthvollen Pokales die Jungfrau Maria mit
dem Christuskinde, die andere Seite eine gelungene Nach=
bildung der Transfiguration. Die ganze, höchst kunst=
volle Arbeit erwies sich für Kenner augenblicklich als
Kunstwerk aus längst vergangenen Tagen und nahm schon
deshalb die Aufmerksamkeit Aller in Anspruch.

Rosaura empfing zwar dies kostbare Geschenk aus

der Hand ihres Verlobten mit herzlich dankenden Worten, dennoch würde sie an einer andern Gabe., an einem Schmuck, der sich zu jeder Zeit, in jeder Gesellschaft anlegen ließ, wahrscheinlich noch größeres Wohlgefallen gefunden haben. Sie gab diese ihre innerste Herzens= meinung gewissermaßen zu erkennen, indem sie nach oberflächlicher Betrachtung des seltenen Kunstgebildes die naive Frage an den Grafen richtete: „Sag' mir, ge= liebter Aurelio., was soll ich nun eigentlich mit diesem köstlichen Geschenke anfangen? Als Blumenvase kann ich es doch kaum benutzen, dazu ist die Höhlung des Pokales nicht tief genug; ich werde also genöthigt sein, ihn als ein seltenes Kleinod wegzustellen und nur dann und wann, an Tagen, welche schöner Rückerinnerung geweiht sind, mit frohen Regungen ihn zu betrachten."

„Nicht doch, mein Engel," erwiederte Weckhausen, „dieser Becher soll vielmehr die Schale sein, in welcher Du mir täglich den Nektar der Liebe, gesegnet und ge= heiligt durch Deine Lippen, kredenzen wirst. Er soll uns so lange zur gemeinsamen Trinkschale dienen, als das Glück unserer Herzensvereinigung besteht, das nur die Hand des Todes zu zertrümmern vermag! In diesem Sinne ist er ein Symbol, dessen Heilighaltung ich Dir bringend empfehle."

Rosaura sah den Geliebten mit einem scheuen Blicke

an, da sie diesen Gedanken ein wenig sonderbar fand. Der Domcapitular aber pflichtete dem Grafen vollkommen bei, unterwarf den Pokal einer sehr genauen Prüfung, da er ein Kenner alter Goldschmiedearbeit sein wollte, und knüpfte mancherlei Betrachtungen an die dem Golde eingegrabenen Gebilde, denen sämmtliche Anwesende mit Aufmerksamkeit lauschten.

„Ich halte dieses wahrhaft unschätzbare Stück für ein Werk Benvenuto Cellini's," fügte er, den Pokal an Rosaura zurückgebend, hinzu, „wenigstens stammt es aus der Zeit dieses unvergleichlichen Künstlers in der Bearbeitung von Gold und Silber. Welchem seltenen glücklichen Zufall haben Sie die Erwerbung desselben zu verdanken?"

Diese Frage des Domcapitulars richtete die Blicke Aller wieder auf den Grafen, der sogleich bereit war dem Onkel seiner Braut Auskunft zu ertheilen.

„Wohl muß ich es einen seltenen und glücklichen Zufall nennen," versetzte Aurelio, „daß dieser kostbare Becher in meinen Besitz überging. Die ursprüngliche Veranlassung dazu war eine äußerst prosaische, ja ich muß sagen, eine höchst alltägliche. Seit Jahren nämlich schuldet mir ein genuesisches Handlungshaus, mit dem schon mein Vater in Verbindung stand und das wohl in neuerer Zeit von glücklicheren Rivalen etwas stark überflügelt worden sein mag, bedeutende Summen für Quecksilber. Eigentliches kaufmännisches Talent besitze ich nicht, weshalb ich denn auch nicht schroff auftreten und säumige Zahler sogleich streng behandeln kann. Ich wartete also von Monat zu Monat, von Jahr zu Jahr, machte bereitwillig neue, von dem Hause begehrte Sendungen, wurde aber in Bezug auf zu leistende Zah= lung immer von Neuem mit Versprechungen hingehalten. Da entschloß ich mich denn nach vorangegangener Bera= thung mit meinem Rechtsconsulenten, dem Chef des säumigen Hauses eine ernste Mahnung, der sich eine verständliche Drohung verknüpfte, zugehen zu lassen. Dies geschah bei meiner letzten Anwesenheit in meinen spanischen Besitzungen. Mit dem Erfolge darf ich den Umständen nach zufrieden sein. Ich erhielt allerdings kein Geld, wohl aber ein ganz annehmbares Anerbieten. Das genuesische Haus, von früheren Jahrhunderten her mit den reichsten Handelsherren der einflußreichen ita= lienischen Republiken eng verbunden, befindet sich von jener glänzenden Epoche her im Besitz bedeutender Kleinodien, die es theils durch Heirathen und Erbschaf= ten erworben, theils an Zahlungsstatt angenommen hat. Um nun mit mir nicht zu brechen und sich mir doch auch für das ihm geschenkte Vertrauen erkenntlich zu erweisen, bot es mir einen Theil dieser todtliegenden

Schätze, aus lauter alten Gold= und Silbergeräthschaf=
ten, altem Geschmeide von kunstvoller Arbeit und man=
cherlei Edelsteinen in veralteter Fassung bestehend, an,
mit dem Bemerken, daß mir dasselbe, falls es nicht
innerhalb Jahresfrist wieder eingelöst werde, für immer
als rechtmäßiges Eigenthum gehören solle. Natürlich
nahm ich," schloß Aurelio von Weckhausen seine kurze
Erzählung, „diesen Vorschlag, der für mich jedenfalls
der kürzeste und sicherste Ausweg war, mit Vergnügen
an, und nach dem, was ich bisher von den übersendeten
Schätzen, die indeß noch nicht alle in meine Hände ge=
langt sind, gesehen habe, dürfte ich keinen Schaden bei
diesem wunderlichen Handel machen."

Die versammelten Freunde des Hauses wurden durch
diese Mittheilung noch mehr von dem prächtigen Gold=
becher angezogen. Das Kleinod wanderte von Hand zu
Hand, fand überall Bewunderung, und unter den an=
wesenden Freundinnen der glücklichen Verlobten gab es
mehr als eine stille Neiderin.

Für Rosaura selbst erhielt der Becher nun erst hö=
heren Werth. Sein Alter, sein unbekannter Ursprung,
sein vielleicht berühmter Verfertiger machten ihn ihr fast
eben so lieb, als den Geber. Sie dankte dem Geliebten
mit Worten und Blicken für das schöne Geschenk, ver=
sprach, es solle in Zukunft nie beim stillen häuslichen

Mahle, nie im frohen Verein heiterer Gesellschaft fehlen. Zugleich sprach sie aber auch die Bitte gegen den Grafen aus, er möge doch, wenn später die übrigen Kleinodien ihm eingehändigt würden, genau zusehen, ob sich unter dem erwähnten Geschmeide nicht noch ein oder das andere Stück fände, das allenfalls auch in der modernen Gesellschaft eine bescheidene Frau als Schmuck tragen könne.

Aurelio neigte gewährend sein Haupt, der Domcapitular befahl, die goldene Höhlung des kunstreichen Pokales mit edlem Wein zu füllen, und indem Rosaura den feurigen Trank, nachdem sie selbst die Lippen damit genetzt hatte, ihrem Bräutigam reichte, leerte dieser den Becher in langem Zuge, um gleichsam sein Versprechen feierlich damit zu besiegeln. Noch einmal ward hierauf der Pokal gefüllt, den nunmehr der Oheim Rosaura's ergriff, einen Trinkspruch dem glücklichen Paare ausbringend, dem alle Anwesenden jubelnd beistimmten.

Tags darauf wurden Aurelio und Rosaura vermählt, und bei dem Mahle, welches der kirchlichen Feierlichkeit folgte, spielte das originelle Geschenk des galanten Grafen abermals eine Rolle, welche die Schaar der geladenen Gäste ohne Ausnahme in hohem Grade interessant fand.

2 Das Kästchen mit dem Schmuck.

Vier Wochen, jene glückliche Zeit, die man gern das Paradies der Liebe und Ehe nennt, waren dem jungen Paare ungetrübt verstrichen. Aurelio war der aufmerk= samste, zärtlichste Gatte, Rosaura die liebenswürdigste und anmuthigste junge Frau, die man sehen konnte. Es gab entschieden kein schöneres, kein glücklicheres Paar in Stadt und Umgegend. Hunderte blickten mit Neid auf diese begünstigten Menschen, die schon in frühen Jahren alle Wünsche, um welche tausend Andere ein halbes Menschenalter ringen müssen, in Erfüllung gehen sahen.

In der fünften Woche erhielt Aurelio von Weckhausen schnell hinter einander mehrere Briefe. Rosaura gewahrte, daß die Lectüre derselben ihn nachdenklich stimmte, ohne ihn jedoch in Unruhe zu versetzen, und diese Entdeckung veranlaßte sie zu einigen vertraulichen Fragen, wie Liebe und Mitgefühl sie jedem treuen Herzen eingeben. Aure= lio beantwortete diese Fragen seiner jungen Frau zuerst durch verdoppelte Beweise seiner Zärtlichkeit, dann aber theilte er ihr mit, daß die leidigen Geschäfte ihn aber= mals nöthigten, auf unbestimmte Zeit eine Reise anzu= treten.

Rosaura erschrak nicht über diese Mittheilung. Sie nahm sie vielmehr lächelnd hin und wünschte nur zu er=

fahren, wohin den geliebten Gatten diesmal die so lei=
digen Geschäfte führen würden.

„Wie immer, zuvörderst in meine Gruben", erwie=
derte der Graf.

„Und dann?" forschte Rosaura weiter.

„Vielleicht nach den Küsten Italiens."

„Etwa nach Genua?"

„In Genua würde ich wahrscheinlich an's Land
steigen."

Rosaura legte ihren Arm um Aurelio's Nacken und
flüsterte ihm mit den süßesten Lauten eines liebevollen
Herzens zu: „Ich werde Dich begleiten, damit Dir die
Pflege, an welche Dich die letzten glücklichen Wochen ge=
wöhnt haben, nirgends fehlt und Du überall, wenn Du
nach glücklich verlebter Nacht die Augen aufschlägst, in
Deinem eigenen Hause zu sein glaubst."

„Diesem Vorhaben, meine theure Rosaura, muß ich
mich widersetzen", entgegnete der Graf von Weckhausen.
„Ich pflege stets sehr rasch zu reisen und weder auf
Zeit noch Witterungsverhältnisse Rücksicht zu nehmen.
Du würdest, an häusliche Bequemlichkeiten aller Art ge=
wöhnt, Deine Gesundheit gefährden, und die Sorgen,
welche ich fortwährend um Dich hätte, könnten nachtheilig
auf die Geschäfte wirken, weil ich immer zerstreut sein
würde. Ohnehin, fürcht' ich, stehen mir diesmal aller=

hand unangenehme Dinge bevor. Die Mittheilungen und Andeutungen meiner Geschäftsführer gefallen mir nicht. Dafür aber gebe ich Dir das feierliche Versprechen, meine Abwesenheit möglichst abzukürzen, und wenn ich zurückkomme, sollst Du mit mir zufrieden sein."

Rosaura hätte es lieber gesehen, wenn Aurelio ihrem Wunsche auf halbem Wege entgegengekommen wäre. Sie hatte dies fest erwartet; dennoch konnte sie dem zartfühlenden Manne doch auch nicht zürnen, denn hielt sie Alles zusammen, was ihm zu erledigen oblag, so hatte Aurelio Recht. Die Begleitung einer an die Strapazen weiter Reisen nicht gewöhnten Frau mußte ihm nicht blos hinderlich sein, sondern ihm noch einmal so viel Zeit rauben, als wenn er allein die nothwendig gewordene Reise antrat. Rosaura fügte sich daher der bessern Einsicht ihres Gatten und nahm voll Hoffnung auf ein baldiges frohes Wiedersehen von ihm Abschied.

Graf von Weckhausen blieb während seiner Abwesenheit in fortwährendem Briefwechsel sowohl mit Rosaura wie mit dem Domcapitular, und was er schrieb, war nur geeignet, Beide zu erheitern. Erst der letzte aus Genua datirte Brief lautete nicht ganz befriedigend. Man sah es den Buchstaben an, daß die Hand des Schreibenden gezittert haben oder krank gewesen sein mußte, denn die sonst festen Schriftzüge Aurelio's waren

unsicher und von sehr ungleicher Größe. Auch machte
der Graf kein Hehl daraus, daß ihn unerwartet ein
Unfall getroffen habe. Auf einer Reise des Nachts durch
gebirgige Gegenden auf schlechten Wegen waren die
Pferde vor den ungemein hellen Blitzen eines heftigen
Gewitters scheu geworden, der Wagen war umgestürzt
und sämmtliche darin befindliche Passagiere hatten, der
Eine mehr, der Andere weniger Verletzungen bei dem
gewaltigen Fall erhalten. Aurelio verstauchte sich den
rechten Arm bei diesem fatalen Vorfall, wodurch er ge=
nöthigt ward, mehrere Tage ruhig liegen zu bleiben.
Jetzt, fügte er hinzu, seien die schlimmen Folgen schon
ziemlich beseitigt, nur eine Schwäche in der Hand wolle
sich nicht ganz verlieren. Am Schlusse des Briefes fügte
er noch mit einigen Scherzworten eine Bemerkung hinzu,
welche ein Lob der eigenen Weisheit und Vorsicht ent=
hielt; denn wie leicht hätte Rosaura, wäre er schwach
genug gewesen, ihren Bitten nachzugeben, bei diesem
Unfalle gefahrvolle Verletzungen davon tragen können!

Dieser Brief des Grafen war von einem Kästchen
begleitet, dessen Aeußeres schon verrieth, daß es aus längst
vergangenen Tagen stamme. Es war von schwarzem
Ebenholz, mit Silber reich verziert, und auf dem Deckel
befand sich in erhabener Arbeit eine Herzogskrone, deren

stumpfe Spitzen aus Diamanten bestanden. Ein goldener
Schlüssel, an grüner Seidenschnur hängend, die unter
der Krone befestigt war, öffnete das sehr kleine Schloß
dieses Kästchens und enthüllte den überraschten Blicken
Rosaura's einen Schmuck von unberechenbarem Werthe.
Keine Königin hätte sich zu schämen gebraucht, diesen
Schmuck anzulegen, obwohl die Fassung sehr alt zu sein
schien und der Schmuck selbst auch allem Anschein nach
über ein Menschenalter getragen sein mochte. Ein feiner
Staub von eigenthümlich penetrantem, wenn auch nicht
gerade unangenehmem Geruche löste sich unter der Be=
rührung der staunenden Gräfin von dem vielgliedrigen
Kleinode ab und bedeckte das blausammetne Bette, in
dem es ruhte. Es schien, als habe Aurelio dies pracht=
volle Werthstück kaum eines Blickes gewürdigt, sondern
es sofort seiner Gattin unverweilt übersandt, damit sie
sich daran ergötze und erfahre, wie treu und innig seine
Gedanken bei ihr verweilten.

Eilig mußte es bei Absendung dieses Geschenkes
zugegangen sein, denn Aurelio's Brief enthielt nicht
einmal eine Andeutung darüber. Wunderte sich Rosaura
schon über diese großartige Nachlässigkeit ihres Gatten,
so erstaunte sie noch mehr über dessen Reichthümer.
Sie vermuthete nämlich, daß der erhaltene Schmuck mit
zu den Kleinodien gehören möge, welche das genuesische

Handlungshaus ihm in Ermangelung baarer Mittel ab=
getreten habe.

Rosaura's Oheim, dem die überglückliche Nichte das
erhaltene Geschenk nicht lange geheim zu halten ver=
mochte, pflichtete derselben bei, unterwarf aber sowohl
die Arbeit des Schmuckes wie die einzelnen Edelsteine,
aus denen er bestand, einer sorgfältigen Prüfung. Der
etwas argwöhnische Herr fürchtete nämlich, der Graf möge
sich in der Eile durch Unterschieben falscher Steine haben
betrügen lassen, eine Ansicht, die um so wahrscheinlicher
war, als der Domcapitular bemerkt haben wollte, daß
Graf von Weckhausen bei allen ihm zu Gebote stehenden
Kenntnissen doch echte Perlen und Edelsteine nicht ihrem
wahren Werthe nach zu würdigen verstehe. Um ganz
sicher zu gehen, zog der geistliche Herr sogar einen an=
erkannt tüchtigen Juwelier zu Rathe, der jedoch jeden
einzelnen Stein für echt erklärte.

„Wie kommt aber die gnädige Frau in den Besitz
dieses Schmuckes?" setzte er, denselben wieder in die
Sammetpolster des Kästchens legend, hinzu. „Es ist
wohl ein altes Erbstück der Grafen von Weckhausen?"

Der Domcapitular beantwortete diese ihm harmlos
scheinende Frage auf ebenso harmlose Weise, indem er
dem Juwelier andeutungsweise mittheilte, wie der Graf

8*

genöthigt sei, aus Handelsrücksichten solche alte Waare
statt neuen Geldes in Zahlung zu nehmen.

„Würde sich die gnädige Gräfin wohl entschließen,
den Schmuck nebst Kästchen zu verkaufen?" warf der
Juwelier hin.

„Um keinen Preis!" rief Rosaura, das Kästchen an
sich nehmend. „Der Schmuck ist mir gar nicht feil."

„Aber die gnädige Gräfin können denselben ja doch
nicht anlegen."

„Weshalb nicht?"

„Weil er unmodern gefaßt ist und —"

„Nun, was haben Sie sonst noch für einen Grund
im Hinterhalt?"

„Die Trägerin dieses Schmuckes würde Aufsehen
erregen."

„Wäre das ein großes Unglück?" fiel lächelnd Ro=
saura ein.

„Ich weiß nicht," erwiederte der Juwelier. „Jeden=
falls ist es der Schmuck einer Herzogin."

„Bester Oheim," wandte sich jetzt Rosaura an den
Domcapitular, „ist es denn nicht erlaubt, einen herzog=
lichen Schmuck anzulegen, auch wenn man kein Recht
hat, auf die Ehren herzoglichen Ranges Ansprüche zu
erheben? Der Schmuck gehört mir ja doch; Aurelio hat
ihn rechtmäßig erworben!"

Der Domcapitular wollte seiner schönen Nichte die
Freude, welche ihr das reiche Geschenk des Grafen offen=
bar machte, nicht trüben, er wandte sich deshalb mit
der Frage an den Juwelier:

„Nicht wahr, es wäre leicht, dem Schmuck eine andere,
mehr moderne Fassung zu geben?"

„Wenn dies gewünscht werden sollte, bin ich gern
erbötig, diese Arbeit zu übernehmen."

„Nicht doch, Oheim," fiel Rosaura ein, das Kästchen
schließend und den goldenen Schlüssel wieder über die
diamantgezierten Zacken der kleinen Krone legend, wie
sie ihn vorgefunden hatte, „ich kann eine solche Verän=
derung wenigstens nur mit Einwilligung Aurelio's vor=
nehmen lassen."

Dem Domcapitular machte diese Weigerung seiner
Nichte Vergnügen. „Sie sehen," sprach er zu dem
Juwelier, „wir thun sehr Unrecht, wenn wir alle Frauen
der Eitelkeit bezüchtigen. Meiner Nichte würde ein
Schmuck von so seltenen Steinen gewiß vortrefflich stehen,
entspräche die Fassung desselben den Anforderungen der
jetzigen Mode, und dennoch will sie nichts davon hören!
Am Ende ist's nur die Herzogskrone, welche diesen
Zauber auf Dich übt," fügte er mit gefälligem Lächeln
hinzu, „denn ich habe schon bemerkt, daß Dich die Ver=
mählung mit Weckhausen gewaltig ehrgeizig gemacht hat!"

Rosaura blieb dem Oheim auf diese Bemerkung die Antwort schuldig, dieser verabschiedete den Juwelier und rief ihm noch in's Vorzimmer nach:

„Sie sind aber doch bereit, den Schmuck umzuformen, wenn es später noch gewünscht werden sollte?"

„Zu jeder Stunde, Herr Domcapitular," lautete die devote Antwort desselben, der sich noch einmal tief vor der in jugendlicher Schönheit und hohem Glück strahlenden Gräfin von Weckhausen verbeugte.

3. Mißglückter Versuch.

Der Juwelier kehrte nachdenklich zurück in seine Wohnung. Die Betrachtung des alten Schmuckes mit den vielen kostbaren Steinen, die zusammen für Kenner einen fabelhaften Werth hatten, stimmte ihn eigenthüm= lich ernst. Nur einer sehr alten reichen Familie konnte derselbe angehört haben. Daß er vielleicht schon vor geraumer Zeit in andere Hände übergegangen war, ließ sich denken, denn die politischen Stürme zu Ende des vergangenen Jahrhunderts hatten manche Herrscherfamilie entthront und in die Verbannung gejagt, und es lag sehr nahe, daß die Mitglieder eines solchen unglücklichen Herrschergeschlechts in einem Augenblick drückender Noth sich gezwungen sahen, einen äußersten Schritt zu thun, um sich vor Mangel zu schützen. War es ihm doch, als hätte er vor einiger Zeit gelesen, daß wirklich ein früher regierendes Haus, das nicht namhaft gemacht war, sich auf solche Weise aus peinlicher Verlegenheit gerettet.

Während er noch darüber nachdachte, besann er sich, daß erst vor Kurzem der Verlust eines alten Schmuckes in den Zeitungen annoncirt war. Als Juwelier, der mit edlen Steinen Handel trieb und von denen man ihm oft behufs vorzunehmender Abschätzung verschiedene übergab, war ihm diese Anzeige interessant. Er hatte sich die betreffende Zeitungsnummer aufbewahrt und konnte, von Neugierde getrieben, nicht umhin, dieselbe unter einer Menge von Papieren, die ähnliche Bekanntmachungen, auch direkte Aufforderungen an Juweliere enthielten, herauszusuchen.

Es währte nicht lange, so fand er das Blatt. Er durchlas die Anzeige, gewahrte aber sogleich, daß der in derselben bekannt gemachte Verlust auch nicht im Gering= sten dem Schmucke ähnele, den er so eben längere Zeit in Händen gehabt hatte.

Mit dieser Entdeckung verlor sich das Interesse des Juweliers an dem Schmucke überhaupt, und er würde schwerlich wieder desselben gedacht haben, hätte ihn nicht einige Wochen später der Graf Aurelio von Weckhausen persönlich besucht und ein Gespräch unter vier Augen sich erbeten.

Der Juwelier sah diesen glücklichen Mann — denn dafür hielten ihn Tausende — heute zum ersten Male, und es erging ihm, wie den Meisten, welche Gelegenheit hatten, mit Weckhausen zusammen zu treffen — das ganze Wesen desselben fesselte ihn, nahm ihn für denselben ein, knüpfte ihn gewissermaßen fest an dessen Person. Es lag ein Zauber in dem Auftreten Aurelio's, dem nur Wenige sich zu entziehen vermochten.

„Ich habe eine Bitte an Sie, lieber Herr Simonides," redete der Graf den Juwelier an. „Sie müssen mir einen Gefallen thun."

„Wenn es in meiner Macht steht, Herr Graf, werde ich es mir zur Ehre anrechnen, Ihnen dienen zu können."

„Ich bin durch Zufall in den Besitz einiger Edelsteine gekommen, die ich gern je eher je lieber veräußern möchte," fuhr Aurelio von Weckhausen fort. „Ich wüßte sie auf keine Weise zu benutzen, und sie unbenutzt als völlig todtes Capital liegen zu lassen, ist unzweckmäßig. Sollten Sie jedoch nicht geneigt sein, einen eigentlichen Kauf mit mir abzuschließen, so würde ich mich eben so gern zu einem Tausche bereit finden lassen."

„Was sind es für Steine, Herr Graf?" fragte Simonides.

„Sie haben darüber ein richtigeres Urtheil als ich," erwiederte Aurelio. „Ich trage sie bei mir, es hat sie

noch Niemand gesehen, und nur weil ich zu Ihnen un=
bedingtes Vertrauen habe, lege ich Ihnen dieselben vor."

„Es fängt bereits an zu dunkeln," entgegnete der
Juwelier, „die Dämmerung ist der Betrachtung, besonders
der richtigen Abschätzung von Juwelen nicht günstig.
Warten wir noch kurze Zeit, bis heller Lampenschein
eine genauere Prüfung Ihrer Steine erlaubt. — Sie
waren längere Zeit verreist, Herr Graf?"

„Länger, als ich beabsichtigte. Ein Unfall, der mir in
den Apenninen zustieß und mir, hätte das Glück mich
nicht in seltener Weise begünstigt, das Leben kosten konnte,
hielt mich zurück. Ich habe einen steifen Finger zum
Andenken an dies Evenement behalten, was meine
Handschrift seitdem bis zur Unkenntlichkeit verunstaltet."

Simonides wollte nicht unbescheiden sein, weshalb er
sich nicht weiter nach den näheren Umständen dieses Un=
falls erkundigte. Er ließ Licht bringen, zog die Rouleaux
nieder, stellte zwei sehr hell brennende Lampen mitten
auf einen mit grünem Tuch überbreiteten Tisch und
verriegelte, um nicht zufällig durch den raschen Eintritt
eines Dritten gestört zu werden, die Thür.

„Jetzt sind wir allein, Herr Graf," sprach er, zum
Tische zurückkehrend, „wenn Sie mir also Ihre Kleinodien
vorlegen wollen, bin ich bereit, mein Urtheil über die=
selben abzugeben und mein Angebot zu machen."

Während Simonides diese Worte an Aurelio von Weckhausen richtete, bemerkte er, daß dessen Mittelfinger an der rechten Hand eine breite, noch jetzt fast blutroth schimmernde Wunde trug. Nach dem so eben Vernom= menen nahm er an, der Graf möge sich bei dem er= wähnten Unfalle diese Wunde zugezogen haben.

Aurelio folgte der Aufforderung des Juweliers. Er zog eine seidene Börse hervor, durch deren Maschen der Glanz verschiedener geschliffener Edelsteine blitzte. Einzeln legte er diese auf den grünen Ueberzug des Tisches.

Simonides nahm jeden Stein einzeln in die Hand, betrachtete ihn mit großer Genauigkeit von allen Seiten und ließ ihn durch mehrfache Wendungen im Lichte spielen. Gewisse Kennzeichen sagten dem erfahrenen Manne, daß sämmtliche Steine schon einmal gefaßt gewesen seien.

„Es sind seltene Kleinodien, nicht wahr?" sprach, die Prüfung des Juweliers mit Aufmerksamkeit verfolgend, der Graf. „Man hat nicht häufig Gelegenheit, solche werthvolle Exemplare durch Tausch einzuhandeln."

„Die Steine sind allerdings werthvoll," versetzte Simonides, seine Prüfung noch einmal wiederholend, „dennoch dürfte das, was ich Ihnen dafür bieten könnte, Ihren Wünschen kaum entsprächen."

„Jedenfalls zahlen Sie doch den vollen Preis des Werthes?"

„Das eben ist es, was einem Abschlusse des von Ihnen gewünschten Geschäftes entgegensteht," erwiederte der Juwelier. „Diese Steine waren alle schon einmal gefaßt, und — die Hand, welche die Fassung entfernte, muß ungeschickt gewesen sein, denn sie hat beim Ausbrechen jeden einzelnen Stein verletzt."

„Nicht möglich," rief der Graf, den ihm zunächst liegenden Sapphir ergreifend und ebenfalls mit prüfender Aufmerksamkeit betrachtend. „Ich vermag nirgends einen Fehler zu entdecken," fuhr er nach einer Weile fort, während der Juwelier bald diesen, bald jenen Stein gegen das Licht hielt, um dessen Farbenspiel und Feuer zu erproben.

„Sehr möglich, Herr Graf," antwortete Simonides, „nichts destoweniger muß ich meinen Ausspruch aufrecht erhalten. Man hat sich zu sehr beeilt, als man die alte Fassung entfernte. Derjenige, der sich damit beschäftigte war unruhig oder mißtrauisch. Er wollte nicht gestört, nicht überrascht werden, und dadurch hat er sich selbst den größten Schaden zugefügt. Bezahlten Sie einen hohen Preis für diese Steine, Herr Graf?"

Aurelio von Weckhausen wollte offenbar das Angebot des Juweliers erfahren, ehe er diesem die Summe nannte, für welche die Edelsteine sein Eigenthum geworden waren.

„Ich glaube einen anständigen Kaufpreis erlegt zu

haben," verſetzte er. „Darauf jedoch kommt es nicht
an, ich wünſche vorläufig nur Ihr Angebot zu erfahren."

Simonides nahm die Miene eines Menſchen an,
der angeſtrengt mit Zahlen beſchäftigt iſt. Er ließ
nochmals Stein für Stein durch ſeine Finger gleiten
und legte ſie in ein Häuflein zuſammen, das einen
wunderbar blitzenden Anblick durch das verſchiedenartige
Feuer der ſchönen Juwelen gewährte. Nach einigen
Minuten nannte er die Summe.

„Nein, Herr Simonides," erwiederte Graf von Weck=
hauſen „dafür ſind ſie mir nicht feil, ich glaubte wenig=
ſtens das Dreifache von Ihnen zu erhalten. Sie ent=
ſchuldigen, daß ich Sie bemüht habe. Vielleicht iſt ein
anderer Ihrer Collegen weniger ſcrupulös oder" — fügte
er mit feinem Lächeln hinzu — „weniger vorſichtig."

„Ein wirklicher Kenner, Herr Graf, kann Ihnen
nicht mehr bieten, ohne ſich ſelbſt in Schaden zu bringen,"
verſetzte Simonides. „Sie wollen bedenken, daß wir
Juweliere Handelsleute ſind und daß ſich in dieſen zwar
geſuchten, aber im Ganzen doch immer zu koſtſpieligen
Artikeln, um einen großen und ſchnellen Abſatz zu er=
zielen, ein ſehr bedeutendes Capital verbirgt, das ſelten
die gewünſchten Zinſen trägt."

„Wohl möglich, mein Herr," gab der Graf etwas
pikirt zur Antwort, „für mich kann dies jedenfalls kein

Grund sein, mit Ihnen abzuschließen. Es thut mir leid, denn ich hätte meine Frau gern zu ihrem Geburtstage mit einem modernen Collier beschenkt. Sie liebt Juwe=len über Alles, und da sie zur Erhöhung ihrer ganzen Erscheinung nicht wenig beitragen, so finde ich, daß sie recht thut, sich damit zu schmücken. Man muß das Leben genießen, so lange man jung ist und noch Ge=fallen am Genusse findet."

„Legen Sie das Fehlende zu, Herr Graf," entgeg=nete Simonides," oder — um Ihnen einen anderen Vorschlag zu machen — stehen Sie mir das alterthüm=Kästchen mit dem noch alterthümlicheren Schmucke ab, das mir der hochwürdige Herr Domcapitular vor einiger Zeit zeigte."

„Das?" sagte Aurelio von Weckhausen. „Nimmer=mehr! Jener Schmuck, mit dem es eine eigne Bewandt=niß hat, soll in meiner Familie bleiben. Ich habe ihn zu theuer erkauft!"

„Ganz wie Sie wollen, Herr Graf," sprach der Juwelier. „Ich besitze keine Macht, Sie zu zwingen; sollten Sie aber vielleicht eines Tages anders darüber denken, was ja auch möglich ist, so bitte ich, sich meiner geneigtest erinnern zu wollen."

Der Graf antwortete nur durch eine Verbeugung, ließ die auf dem Tische liegenden Steine einzeln wieder

in die Börse gleiten und entfernte sich verstimmt, von
dem höflichen Juwelier bis an die Hausthür geleitet.
Dieser blickte dem Fortgehenden nach, bis dessen Gestalt
sich im Schatten der Häuser verlor.

4. Eine dunkle That.

Aurelio von Weckhausen kehrte nicht in seine Wohn=
ung zurück, obwohl er Gesellschaft erwartete und sich
bei dem Juwelier länger aufgehalten hatte, als es seine
Absicht gewesen war. Als die Stadt hinter ihm lag,
schlug er einen Seitenweg ein, der durch ein kleines
Wäldchen nach dem schiffbaren Flusse führte, welcher
auf der Ostseite die Stadt berührte. In diesem Wäld=
chen hatte man ein früheres Försterhaus zu einem Ver=
gnügungslokal eingerichtet. Im Sommer wurden hier
unter den rauschenden Laubkronen alter Bäume Concerte
gegeben, im Herbst und Winter boten geräumige Zimmer
dem Publicum Gelegenheit zu geselligen Zusammenkünften.
An solchen fehlte es nie, da die ehemalige Försterei
kaum zwanzig Minuten von der Stadt entfernt lag.

Nach dieser anmuthigen Einsiedelei richtete Graf von
Weckhausen seine Schritte. Der Pachter derselben stand
unter der Thür und unterhielt sich mit einem Aurelio
unbekannten Manne. Höflich grüßend trat er beim Ge=
wahren des Grafen zur Seite. Dieser erwiederte den

Gruß eben so höflich, indem er die Frage an den Pachter richtete:

„Haben Sie die Equipage des Herrn Domcapitulars vorüber fahren sehen?"

Der Pachter verneinte, worauf Aurelio in das Haus trat mit der Bemerkung, daß er in diesem Falle einige Minuten verweilen müsse, weil sie ohne Zweifel alsbald erscheinen werde.

Während nun der Pachter sein Gespräch mit dem fremden Herrn wieder aufnahm, öffnete der Graf die Thür zum ersten Gesellschaftszimmer und musterte die wenigen darin Anwesenden. An der hintersten Ecke, von den Uebrigen getrennt, saß ein Landmann von stark bäurischem Aussehen, der aufmerksam ein Zeitungsblatt las. Diesem gegenüber nahm Aurelio Platz, zog sein Taschenbuch, entnahm demselben eine kleine Karte, die seinen Namen trug, machte unter diesem ein paar Zeichen mit Bleistift und schob sie dem Lesenden zu. Dieser schien bis jetzt weder den neuen Ankömmling noch dessen Bewegungen bemerkt zu haben. Er las ruhig fort in der Zeitung und erst nach einer Weile legte er sie auf den Tisch. Dabei gewahrte er das kleine weiße Kärtchen. Er hob es auf, betrachtete es mit völlig ruhiger Miene und heftete dann seine scharfen schwarzen Augen fest auf den Grafen.

„Es ist unerläßlich," sprach dieser so leise, daß es
nur der gegenübersitzende Landmann hören konnte. „Der
Juwelier will nicht." Der Landmann steckte jetzt die
Karte zu sich, ergriff noch einmal die Zeitung, um
darin zu blättern, stand dann auf, ohne den Grafen
weiter eines Blickes zu würdigen, ging mit großen Schrit=
ten und in echt bäuerischer Haltung der Thür zu und
ließ diese hinter sich recht vernehmlich in's Schloß fallen.
Draußen sprach er mit dem Pachter, der ihm lachend
guten Abend wünschte und um baldige Wiederholung
seines Besuches bat. Gleich darauf rollte ein Wagen
an dem Hause vorüber, in welchem der Pachter die
Kutsche des Domcapitulars vermuthete, weshalb er den
Grafen laut bei Namen rief, der diesen Ruf auch be=
achtete und ihm unverweilt folgte. Bedauernd sagte er
zu dem heraustretenden Aurelio:

„Bitte mich gnädigst zu entschuldigen, Herr Graf, ich
habe mich geirrt. Es war die Postkutsche, die ja um
diese Zeit immer retour fährt."

„Nun, es thut nichts," erwiederte Weckhausen leicht=
hin. „Ich vermuthe, der gute Domcapitular hat eine
kleine Spazierfahrt gemacht, ehe er bei seiner Nichte ab=
steigt. Um so mehr muß ich eilen. Auf Wiedersehen."
Unter vielen Bücklingen des höflichen Pachters schlug er
die Richtung des Wagens ein, erreichte das Ende des

kleinen Wäldchens und sah von Weitem über Hecken und
Wiesen die Lichter seines glänzenden Landsitzes einladend
schimmern Rasch eilte er in seine Appartements, klei=
dete sich um und betrat den traulichen Salon, wo seine
junge, schöne Gattin kleinere, vertrauliche Cirkel zu sehen
pflegte. Aurelio entschuldigte sich anmuthig, daß er spä=
ter als seine Gäste erscheine, und suchte durch Liebens=
würdigkeit diesen kleinen Verstoß wieder gut zu machen.

Der Domcapitular war kurz vor dem Grafen ange=
kommen, hatte aber sämmtliche Anwesende sogleich durch
eine Mittheilung zu fesseln gewußt, über die jeder Ein=
zelne die Abwesenheit des Hausherrn vergaß.

„Hast du auch schon davon gehört, bester Aurelio?"
fragte ihn Rosaura.

„Wovon, mein Herz?" lautete die Gegenfrage des
Grafen.

„Von der höchst romantischen Geschichte, mit welcher
uns der Oheim soeben unterhielt, und die so fabelhaft
klingt, daß wir uns Alle noch nicht entschließen können,
sie für wahr zu halten."

„Ich gestehe meine Unwissenheit," erwiderte Aurelio,
„da ich aber sehe, daß die Erzählung pikant sein muß,
möchte ich den Herrn Oheim bitten, dieselbe auch mir
nicht vorzuenthalten."

„In den nächsten Tagen schon wird sie in den

weitesten Kreisen bekannt sein," versetzte der Domcapitular. „Allerdings klingt das Geschehene unwahrscheinlich, es kann aber doch nicht eine bloße Erfindung müßiger Köpfe sein, denn ich habe, was ich sagte, aus dem Munde des geheimen Obergerichtsrathes, dem man die Sache amtlich communicirt hat."

„Ist ein Verbrechen geschehen?" warf der Graf ein.

„Die Vermuthung eines verbrecherischen Anschlages liegt wenigstens nahe, obwohl das jedenfalls Geschehene auch auf Täuschung beruhen kann," entgegnete der Domcapitular.

Ein Bedienter in geschmackvoller Livree reichte Thee und Gebäck herum, die kleine ausgesuchte Gesellschaft gruppirte sich im Halbkreise um den Domcapitular, und dieser konnte der abermaligen Bitte des Grafen nicht widerstehen.

„Eine fürstliche Familie, eine der ältesten auf den Thronen Europa's, deren Name jedoch verschwiegen bleiben soll," begann er, „ist von einem schweren Unglück heimgesucht worden. Vor längerer Zeit schon — wahrscheinlich vor mehr als Jahresfrist — befand sich diese Familie auf Reisen. Ihr Gefolge war zahlreich, da der Glanz des Namens an den Höfen, die man besuchte, aufrecht erhalten werden sollte. Die Reise verlief ohne jeglichen Unfall; man kehrte sehr befriedigt zurück, und namentlich fühlte sich der Fürst nicht nur durch die Aufnahme gehoben, die er allerwärts gefunden hatte, es waren auch die geheimen politischen Tendenzen, welche der Reise selbst eigentlich zu Grunde lagen, vollkommen erreicht worden. Nach Zurückkunft der fürstlichen Familie in ihr Land veranstalteten Behörden und Volk mancherlei Festlichkeiten ihr zu Ehren. Es gab Deputationen zu empfangen, Adressen entgegen zu nehmen, Anreden zu erwiedern. Ein äußerst glänzender Fackelzug schloß diese Festlichkeiten. Der Fürst, ein Mann von wohlwollendem Charakter, wollte sich seinen Unterthanen erkenntlich erweisen und gab Befehl, ein Volksfest in großem Styl zu arrangiren, wobei die Unbemittelten die Gäste des Herrschers in seinem Palaste sein sollten. Dieser Befehl ward pünktlich ausgeführt, und der Jubel des Volkes war unbeschreiblich. Zum Schluß gestattete der glückliche Fürst, daß den Schaaren der jubelnden Neugierigen ausnahmsweise auch die Kunstschätze der Familie gezeigt würden, die in mehreren geräumigen Sälen des Schlosses, welche seit undenklichen Zeiten dazu bestimmt waren, aufbewahrt werden. Man hatte keinerlei Vorsicht außer Acht gelassen. Das Publicum erhielt nicht in ungeordneten Schwärmen von beliebiger Zahl Zutritt in die reich ausgestatteten Hallen, sondern truppweise, gegen Karten, die beim Eintritt einem Hat-

schier vorgezeigt, beim Fortgange diesem wieder abge=
liefert werden mußten. Auch innerhalb der Säle und
beim Vorzeigen und Erklären der vorhandenen Schätze
fehlte es nicht an der gebotenen Ueberwachung. Alles
verlief ungestört, in bester Ordnung. Die Säle wurden
in hergebrachter Weise wieder geschlossen, die Schlüssel
ganz so, wie dies immer üblich gewesen war, unter ge=
wissen fest vorgeschriebenen Ceremonien dem Hofmarschall
abgeliefert. Mehrere Monate später sollte, eine Folge
jener Reise, die Vermählung der Erbprinzessin mit einem
ausländischen Fürstensohne gefeiert werden. Bei solchen
Gelegenheiten war es von jeher üblich gewesen, nicht
nur den Familienschmuck, sondern auch die alten pracht=
vollen Tafelgeräthschaften aus der Schatzkammer zu holen,
um damit vor den fürstlichen Gästen, welche zu solchen
Festen eingeladen werden, zu paradiren. Man denke sich
nun die Ueberraschung, ja das Entsetzen des ganzen
Fürstenhauses, als man jetzt die furchtbare Entdeckung
macht, daß ein Theil dieser nie wieder zu ersetzenden
Kleinodien spurlos verschwunden ist! Niemand hat eine
Ahnung, auf welche Weise es möglich werden konnte,
diese Schätze zu rauben. Man hatte sie an dem ge=
nannten Festtage den staunenden Augen des Volkes ge=
zeigt. Damals fehlte nicht der kleinste Gegenstand. Seit
jenem Tage hatte keines Menschen Fuß die Schatzkammer

wieder betreten; der Schlüssel derselben lag unter drei=
fachem Verschluß. Die Thüren, die Fenster, Alles zeigte
sich im tadellosesten Zustande, ebenso die Truhen, welche
die Schätze bargen, und dennoch waren Gegenstände von
unermeßlichem Werthe verschwunden!

„Es wurden nun die ernstesten Nachforschungen an=
gestellt. Hochgestellte Palastbeamte und Hofwürdenträger
mußten sich mehrmaligen strengen Verhören unterwerfen,
selbst Haussuchungen der peinlichsten Art konnten nicht
unterbleiben, allein es war weder etwas zu finden, noch
führten alle diese Maßregeln zu einer Spur, die man
zu weiteren Recherchen hätte benutzen können. Bis zu
dieser Stunde ist das Geschehene ein ungelöstes Räthsel.
Die fürstliche Familie steht rathlos da dieser Thatsache
gegenüber. Ohne schwerer Verschuldung zu verfallen und
sich der maßlosesten Ungerechtigkeit gegen Andere anzu=
klagen, kann sie gegen Niemand einschreiten. Es gibt
keine einzige Persönlichkeit, welche verdächtig erscheint.

„Unter diesen gewiß höchst eigenthümlichen Verhält=
nissen hat man sich entschlossen, einen ebenso außerordent=
lichen als gewagten Schritt zu thun. Die verschwun=
denen Schätze veranschlagt man auf anderthalb Millionen
Gulden. Den fünften Theil dieser enormen Summe will
die fürstliche Familie unter Verschweigung seines Namens
demjenigen als Belohnung auszahlen, der im Stande

ist, ihr über das Verbleiben jener Schätze bestimmte Kunde zu geben."

Der Domcapitular machte hier eine Pause, um zu hören, was Graf von Weckhausen zu dieser Mittheilung sagen werde. Aurelio zögerte auch nicht, seine Meinung sogleich kund zu geben.

„Verehrter Herr Oheim," sprach er, „wenn diese überaus interessante Geschichte nicht etwa ein reines Phantasiegebilde ist, wird sich die fürstliche Familie, wel= cher das Unglück begegnete, wohl nach einem Zauberer, einem neuen Cagliostro umsehen müssen. Vielleicht auch hausen Kobolde in dem Palaste des unbekannt oder na= menlos gebliebenen Herrschers, welche in der Vermählung der Prinzessin eine Beleidigung ihres Stammes erblicken und sich deßhalb durch Verschleppung der erwähnten Kost= barkeiten empfindlich zu rächen suchen. Eine andere Er= klärung wüßte ich wenigstens nicht zu geben, man müßte denn eine sehr geheim gehaltene, weit verzweigte Ver= schwörung annehmen wollen, die sich im Besitze von Nachschlüsseln und anderen Diebswerkzeugen befände und von diesen einen eben so geschickten als weit gehenden Gebrauch gemacht hätte. Hat man denn nichts Näheres über die vermißten Gegenstände in Erfahrung gebracht?"

„Daß es sich hier um kein Mährchen, sondern um eine Thatsache handelt," nahm der Domcapitular aber=

mals das Wort, „werden Sie schon nächster Tage durch
die Bekanntmachung erfahren, welche in allen Regierungs=
organen erscheinen soll. Ein näheres Verzeichniß der
vermißten Gegenstände oder gar eine Beschreibung der=
selben wird man jedoch dieser Bekanntmachung nicht bei=
fügen."

„Und doch will man ermitteln, wo sie geblieben sind?"

„Gewiß! Das Verschweigen gerade soll zu leichterer
Ermittelung verhelfen."

„In der That," sprach der Graf lächelnd, „der
Weg, welchen man einschlägt, um eine dunkle That zu
entdecken, ist ganz so eigenthümlich, ja unbegreiflich, wie
das Ereigniß selbst."

„Im Gegentheil, ich finde, daß es von großer Klug=
heit zeugt," versetzte der Domcapitular.

„Und Ihre Beweise, Herr Oheim?"

„Ganz in der Stille, durch diplomatische Personen
läßt die erwähnte fürstliche Familie ein sehr genaues
Verzeichniß nebst Beschreibung der auf so unerklärliche
Weise abhanden gekommenen Schätze an sämmtliche Ju=
weliere des In= und Auslandes vertheilen. Jeder muß
an Eidesstatt unverbrüchliches Schweigen über diese heim=
liche Mittheilung geloben. Durch dieses Verfahren bleibt
das große Publikum in völliger Unkenntniß. Niemand
bekommt auch nur eine entfernte Ahnung von der Be=

schaffenheit der verschwundenen Gegenstände, während jeder Juwelier, der größte wie der kleinste, ganz genau erfährt, wie die verlornen Schätze aussahen, welche Kenn= zeichen sie hatten, wie sie sich ungefähr ausnehmen wür= den, falls der Zufall sie vielleicht anders gestaltete oder beschädigte. Es ist mehr als wahrscheinlich, daß nach einiger Zeit, wenn Niemand mehr von dem Vorfalle spricht, irgendwo ein Theil, irgend ein einzelnes Stück jener Schätze auftaucht und dadurch ein Fingerzeig ge= geben wird, der, immer still verfolgt, schließlich doch zur Entdeckung der Urheber, der Kobolde — wie Sie sagen — die jenes Verschwinden bewirkt haben mögen, führen muß."

"Allerdings ein Ausweg, der einer Fuchsfalle unge= mein ähnlich sieht," meinte Aurelio von Weckhausen. "Angenommen, es haben nicht Kobolde, sondern Menschen jenes Verschwinden bewerkstelligt, kann nicht der Schalks= narr Zufall eine beträchtliche Menge Unerfahrener in böse Verlegenheiten bringen?"

"Sie scheinen den eingeschlagenen Weg nicht zu billi= gen," sagte der Domcapitular.

"Warum nicht?" versetzte der Graf. "Außerordent= liche Vorfälle verlangen ungewöhnliche Mittel! Nur wird man sich vorzusehen haben, wenn man sich etwa in der Lage befindet, Juwelen und dergleichen einkaufen zu

können. Mich freut es jetzt, daß ein von mir schon ein=
geleiteter Handel nicht zu Stande gekommen ist."

„Du wolltest Juwelen kaufen?" sagte Rosaura, den
Gatten mit glänzenden Augen anblickend. „Von Simo=
nides?"

„Er ist der zuverlässigste, kenntnißreichste und gewissen=
hafteste aller Juweliere, mit denen ich jemals in Ver=
bindung gekommen bin," antwortete Aurelio. „Ich war
bei ihm, um einen Tausch zu machen, und weil wir in ein
längeres Gespräch verwickelt wurden, traf ich heute später
hier ein. Ich würde sagen: leider konnten wir uns nicht
einigen, während mir gegenwärtig die Zähigkeit des vor=
sichtigen Mannes ganz angenehm ist."

„Welche Steine wollten Sie umtauschen?" fragte
der Domcapitular.

„Einige Sapphire und Opale, von denen ich Ihnen
schon erzählte."

„Dieselben, welche Sie während Ihrer letzten Reise
von den säumigen Schuldnern in Genua erhielten?"

„Mit denen das genuesische Haus den Rest seiner
Schuld tilgte."

„Wie schade!" rief Rosaura. „Wer weiß, wie lange
ich nun auf die versprochenen Ohrgehänge noch werde
warten müssen!"

„Du mußt die unheimlichen Kobolde in dem Palast

der namenlosen Fürstenfamillie für dieses schreckliche Un=
glück verantwortlich machen," sagte scherzend Aurelio.
„Wer darf wagen, Juwelen einzuhandeln, zu tauschen,
wenn vielleicht geraubte Steine bereits vielfach in Um=
lauf gesetzt worden sind? Zum Glück haben wir nicht
so große Eils, und wenn wir unter Freunden weilen,
die es nicht gar zu genau nehmen, kannst Du Dir ja
allenfalls mit dem alten Schmucke helfen. Er kleidet
Dich so ehrwürdig, daß man Dich für eine Burgherrin
alten Styls halten und bewundernd nicht die Schale,
sondern den Kern betrachten wird, der Dir diese Würde
verleiht."

Rosaura nahm den Scherz des geliebten Gatten
zwar für das, was er sein sollte, ganz zufrieden aber
war sie doch nicht damit. Auch wollte ihr die Weiger=
ung Aurelio's, gegen alte Steine neue, modern geformte
einzutauschen, doch gar zu vorsichtig erscheinen. Ein
Mann von dem Range, der Stellung und dem Vermögen
Weckhausen's, meinte die junge Frau, könne ungefährdet
einen solchen Handel abschließen. Im Stillen ein wenig,
aber unbemerkt schmollend, nahm sich Rosaura vor, mit
Bitten nicht eher nachzulassen, bis Aurelio seine Beden=
ken überwinden und seinen Vorsatz doch noch zur Aus=
führung bringen würde.

—————

Nach einigen Tagen warb die von Domcapitular Rüterfen erwähnte Bekanntmachung wirklich veröffentlicht. Das Auffehen, welches diefelbe hervorrief, war allgemein und verbreitete sich wie ein Lauffeuer durch alle Schich= ten des Volkes. Ein großer Theil des Publicums konnte natürlich nur momentan davon berührt und wohl auch angeregt werden, da die Gegenstände, um deren Ver= schwinden es sich handelte, dem eigentlichen Volke gar zu unerreichbar waren. Nur für die Elite der Gesellschaft und für jene zweideutigen Zwitterperfonen, die bald vom Glück, das ein günstiger Zufall ihnen entgegenbringt, bald vom Schwindel leben, hatte der eigenthümliche Fall ein höheres und bleibendes Interesse. Was die Juweliere davon hielten und wie die Instructionen lauteten, die man diefen wichtigen Leuten gegeben hatte, blieb begreif= licherweise Allen ein Geheimniß.

Aurelio von Weckhaufen lachte, so oft man die An= gelegenheit erwähnte. Er behauptete, feine Annahme werde sich als richtig erweifen und der Verdacht der Entwendung diefer Schätze auf den unerreichbaren Ko= bolden, die ja gewissermaßen mit zur Familie des fürst= lichen Haufes, wie das häufig vorkomme, gehören könnten, sitzen bleiben. Die Hartnäckigkeit, mit welcher der Graf diefe muntere Ansicht fest hielt und immer von Neuem wieder vertheibigte, hätte beinahe eine Spannung zwischen

ihm und dem Domcapitular herbeigeführt. Letzterer
glaubte wohl an Wunder göttlichen Ursprungs, Alles
aber, was mehr den Charakter geisterhaften Spukes an
sich trug, war ihm von Grund der Seele verhaßt.
Deshalb wollte er es nicht einmal haben, daß Jemand
von Volksaberglauben sprach oder sich gar mit einer ge=
wissen Vorliebe diesem zuwandte.

„Es ist seltsam, lieber Graf," sprach er eines Tages,
als das Gespräch zufällig wieder auf diesen Vorfall kam,
„daß Sie als besonnener, praktischer und klar denkender
Mann von Geist sich an — erlauben Sie mir den et=
was stark klingenden Ausdruck — an solche Narrens=
possen festklammern!"

„Haben Sie die Güte, verehrter Herr Oheim,"
versetzte Aurelio in bester Laune, „mir eine natürliche
Erklärung des Vorfalles zu geben, und ich werde Ihnen
mit Freuden beispringen."

„Halten Sie das für so unmöglich?"

„Allerdings, denn bis jetzt hat es ja noch Niemand
gelingen wollen, das unbegreifliche Geheimniß aufzu=
klären."

„Sagen Sie lieber, es hat noch Keiner den Muth
gehabt, seine wahre Meinung darüber auszusprechen!"

„Aus Furcht etwa, compromittirt zu werden, oder
aus sonstigen Rücksichten?"

„Aus Vorsicht, dünkt mich."

„Sollten auch Sie diesen Muth nicht haben?"

„Unter vier Augen gewiß, vor der Welt nie!"

„O dann bitte ich dringend, Herr Oheim, was denken Sie von der Sache?"

„Ich bin überzeugt, daß ein großartiger Betrug da= hinter steckt," fuhr der Domcapitular fort. „Es ist er= mittelt, daß der regierende Fürst einen für nicht legitim erachteten Halbbruder vor längeren Jahren zu entfernen, Andere sagen, in die Verbannung zu schicken wußte und seitdem nie wieder mit ihm in Berührung kam. Dieser aus dynastischen Gründen Verstoßene hat sich später in morganatischer Ehe vermählt, aus welcher ein Sohn entsproß, der als einziger männlicher Erbe des fürstlichen Geschlechtes lebt. Einer uralten Familientradition zu= folge gilt die Vermählung eines Sprößlings jenes Fürsten= hauses nicht einmal für rite vollzogen, wenn die Braut am Tage ihrer Vermählung den Familienschmuck nicht trägt. Auch die kostbaren goldenen Tafelaufsätze dürfen bei dem Banquett nicht fehlen. Liegt nun im Hinblick auf diese Verhältnisse die Vermuthung nicht nahe, ja ge= winnt sie nicht sogar an Wahrscheinlichkeit, daß der ver= bannte Fürst, um seinem eigenen Sohne die Rechte auf den Thron zu wahren, zu einem verzweifelten Mittel ge= griffen hat?"

„Entwendung oder Raub setzen die Bestechung sehr
einflußreicher Personen voraus," erwiederte Graf von
Weckhausen, „eine solche Bestechung wäre aber im vor=
liegenden Falle nur dann denkbar, wenn deren Urheber
über ungewöhnliche Mittel verfügen konnte. Verbannte,
Verstoßene, Enterbte pflegen aber eher Mangel als
Ueberfluß an den zur Ausführung solcher Pläne erfor=
derlichen Mitteln zu haben. Und aus diesem Grunde
bleibe ich bei meiner Theorie."

„Die Theorie eines Thoren!" rief unwillig der Dom=
capitular.

„Ich gehe noch weiter, verehrter Herr Oheim," fuhr
Aurelio in übermüthigster Laune fort, „ich erkläre mich
zu einer Wette bereit."

„Daß unsichtbare Geister die fürstlichen Schätze un=
vermerkt aus festverschlossenen Truhen entführen?"

„Auf das Wie kommt es nicht an," fuhr der Graf
fort, „wenigstens kümmert mich das nicht bei der Wette,
die ich Ihnen anbieten will. Ich behaupte, daß jenes
Verschwinden von werthvollen Kostbarkeiten aus der Schatz=
kammer der Fürsten von X. sich wiederholen wird, falls
nicht in Bälde über das Verbleiben der bereits unsicht=
bar gewordenen Gegenstände etwas Bestimmtes ermittelt
werden kann."

„Welche Tollheit!" sprach der Domcapitular. „Wüßte

ich nicht, daß nur der Hang, eine absonderliche Meinung für sich allein zu haben, Sie zu einer so absurden Behauptung veranlaßt, ich wäre wahrhaftig im Stande, an Ihrer vollen Zurechnungsfähigkeit zu zweifeln."

"Von meinem körperlichen Wohlbefinden können Sie sich überzeugen, wenn Sie meinen Puls fühlen wollen," versetzte Aurelio, "und daß ich nicht an geistiger Ueberspanntheit leide, will ich Ihnen beweisen, wenn Sie mich auf die Probe zu stellen wünschen. Aber geben Sie Acht, ich behalte Recht, immer angenommen, daß der Schleier des Geheimnisses nicht gelichtet wird."

"Eine solche Wette halte ich für sündhaft," sagte Rüterfen verdrießlich.

"Ich finde sie spaßhaft," versetzte der Graf, "und den Gegenstand ganz zum Wetten angethan, weil wir Beide gerade gar nichts wissen, der Eine also gerade so viel Recht hat oder haben kann, als der Andere. Wetten wir deshalb der bloßen Unterhaltung wegen! Wir sind ja nicht betheiligt, wir kennen nicht einmal die Namen der Personen, um die es sich handelt, wenigstens sind mir Name und Schauplatz ein verhülltes Bild von Sais."

Der Domcapitular wendete sich schweigend ab, da er dem Manne seiner Nichte, den er so hoch achtete, keine zu unfreundliche Antwort geben mochte.

„Ich mache Ihnen einen annehmbaren Vorschlag," fuhr Aurelio von Weckhausen fort: „Werden binnen einem Jahre die Urheber des unbegreiflichen Verschwindens der bewußten, uns jedoch unbekannten Schätze ermittelt und sind dies Menschen von Fleisch und Bein, so ver= zichte ich zu Gunsten der milden Stiftung für unver= mählt gebliebene Töchter unbemittelter Beamter auf jenen Erbschaftsantheil, den Sie vor Abfassung des letzten Codicills zu Ihrem Testamente derselben bestimmt hatten. Tritt dagegen der von mir angedeutete Fall ein, so machen Sie sich anheischig, den alten Schmuck, welchen ich meiner lieben Rosaura schenkte, auf Ihre Kosten anders fassen zu lassen. Sie dürfen dies, weil man Juwelen, welche Sie einem Juwelier einhändigen, nicht so genau betrachten wird, wie von andern Personen überbrachte. Rosaura wünscht diese Fassung schon längst, ich weiß es, und ich bin genöthigt, ihr diese kleine Freude zu versagen, weil ich eine unbezwingliche Scheu habe, mich von Ju= welieren, von Menschen, welche Handel in ganz gewöhn= lichem Sinne treiben, wenn es ihnen gerade einfällt, examiniren lassen zu müssen."

Die scherzhafte Art, wie der Graf diesen Vorschlag machte, versöhnte den Domcapitular mit demselben. Es schien ihm nicht wahrscheinlich, daß der von Aurelio für möglich gehaltene Fall sich ereignen könne. Auf der

andern Seite hatte man es ihm schon mehrmals verdacht,
daß er in einem Anfall von Verdruß der erwähnten
Stiftung eine Schenkung wieder entzog, die seine Nichte
bei dem bekannten Reichthum des Grafen recht gut ent=
behren konnte. Endlich hörte er die Stimme Rosaura's
im Nebenzimmer, die ihn jederzeit willfährig stimmte.
Er mußte Aurelio in Bezug auf Rosaura Recht geben,
auch konnte er den Widerwillen des Grafen gegen Aus=
fragen Unbefugter sehr wohl begreifen. Dies Alles zu=
sammengenommen brachte Rüterfen auf andere Gedanken.
Er reichte Aurelio die Hand und sagte:

„Der jungen Gräfin zu Liebe will ich ausnahms=
weise einmal Thor mit Thoren sein. Ich nehme Ihre
Wette an, Herr Neffe, aber halten Sie nun auch die
Augen offen, daß man Ihnen nicht etwa ein X für ein
U macht! Verlieren Sie, so sind Sie das Capital, das
Ihrem dereinstigen Erben zu Gute kommen sollte, gewiß
und wahrhaftig los!"

„Und Sie, mein gnädigster Herr Oheim," bemerkte
der Graf, „Sie sollen, wenn ich gewinne, gewiß und
wahrhaftig mir einen Schmuck einhändigen, wie ihn noch
nie ein Mann seiner glücklichen Frau zum Geschenk
überbrachte."

5. Ein Rechtsfall.

Rosaura, die sich in ihrem Zusammenleben mit Aurelio sehr glücklich fühlte, erfuhr nichts von diesem Abkommen. Der jungen, von Hunderten beneideten Gräfin vergingen die Tage in immer gleicher Heiterkeit und geselliger Zerstreuung. Der Graf selbst sah am liebsten ebenfalls Gesellschaft um sich, und da er gegen seine Gewohnheit diesmal Monate lang daheim blieb, nur der Gesellschaft, seiner Frau und dem Umgange mit den Musen lebend, so erweiterte sich der Kreis der Gäste, welche in dem gräflichen Hause verkehrten, bedeutend. Dieses war überhaupt nach und nach der Mittelpunkt gesellschaftlicher Zusammenkünfte geworden, da es mehr Räumlichkeit darbot als die Wohnung des Domcapitulars. Auch besaß Rosaura in ihrer ausgesucht glänzenden Häuslichkeit eine größere Anziehungskraft für Einheimische und Fremde, als der unbeweibte, zwar höchst zuvorkommende, oder bisweilen doch etwas stumpf werdende Domcapitular.

In dieser Zeit schlossen sich dem engern Gesellschaftscirkel des Grafen von Weckhausen mehrere neue Mitglieder an, unter denen eins der aufgewecktesten und durch seine Stellung im Staate einflußreichsten der Obergerichtsrath Bornstein war. Durch Rütersen in das Haus seiner Nichte eingeführt, fand der Graf sehr bald

Gefallen an diesem kenntnißreichen Manne. Bornstein unterhielt sich seinerseits wieder gern mit Aurelio, weil er ein scharfes Urtheil in ihm entdeckte. Die vielen Reisen des Grafen und dessen Kenntnisse von Ländern und Nationen machten längere Gespräche mit ihm zu belehrendem Genuß auch für höher Gebildete.

„Weshalb treten Sie nicht in den Staatsdienst, Herr Graf?" sagte eines Tages, wo man sich auf eine Discussion über politische Gegenstände tiefer eingelassen hatte, der Obergerichtsrath. „Es ist unrecht, daß Sie Ihr Pfund vergraben, anstatt zum Besten des Allgemeinen damit zu wuchern. Eine Ihren Fähigkeiten angemessene Carriere wäre Ihnen gewiß."

„Ich liebe die Unabhängigkeit über Alles," erwiederte Aurelio mit verbindlichem Lächeln, „und ich muß aus voller Ueberzeugung mit Marquis Posa ausrufen: Ich kann nicht Fürstendiener sein!".

„Das ist sehr edel von Ihnen gedacht, Herr Graf," warf Bornstein ein, „indeß ist man nicht eigentlich Diener, wenn man regiert. Man gewinnt durch scheinbare Unterordnung unter einen höher Gestellten Gewalt über diesen und gebietet eigentlich, wo man nur Wünschen nachzukommen vorgibt. Das aber ist eine Wirksamkeit, mit der sich auch der unabhängigste Charakter befreunden kann."

„Meine auswärtigen Geschäfte, meine Verbindungen die sich ohne großen Nachtheil für mich nicht würden lösen lassen, gestatten mir die Uebernahme eines Amtes durchaus nicht," meinte der Graf.

„Ich bedaure das," sagte der Obergerichtsrath, „namentlich auch deshalb, weil ich fürchte, Sie könnten uns eines Tages für immer verlassen."

„Unmöglich ist dies allerdings nicht," entgegnete Graf von Weckhausen. „Meine Frau bringt ohnehin fortwährend mit Bitten in mich, ich solle sie doch endlich einmal mit nach Spanien nehmen. Lange, das fühle ich, kann ich diesen Bitten nicht mehr widerstehen; sieht aber Rosaura erst dies wunderbare Land, athmet sie die balsamische Luft von Cadix und Malaga, dann wird es ihr schwer fallen, für immer von dieser herrlichen Natur Abschied zu nehmen."

„In Geschäften zu reisen, auch wenn man eher das Bedürfniß nach Ruhe als nach den Unregelmäßigkeiten eines unbequemen Lebens in Gasthäusern fühlt, muß doch auch seine Unannehmlichkeiten haben," warf der Obergerichtsrath ein.

„Für nicht daran Gewöhnte ist es ohne Zweifel lästig," sagte Aurelio, „mich zerstreut und erfrischt es."

„Sie haben aber, wie der Herr Domcapitular einige

Male andeutete, nicht selten auch Verdruß und sind bisweilen sogar harten Verlusten ausgesetzt."

„Romantische Schattenschatten, die nur dazu beitragen, die Lichtseiten eines von Aufregungen mannigfacher Art bewegten Lebens zu erhöhen."

„Ist Ihnen die fürstliche Familie O* bekannt?" fragte der Obergerichtsrath, von dem eigentlichen Gesprächsthema abspringend. „Sie muß, wenn ich nicht irre, in der Nähe Ihrer Quecksilbergruben Besitzungen haben."

„Diese Annahme beruht auf einer Verwechselung," versetzte der Graf. „Die Herzöge von O** sind es, deren Ländereien mit meinen Besitzungen grenzen."

„So, so, ich wußte das nicht," sagte Vornstein „Aber Sie kennen die Fürsten von O*?"

„Nur dem Namen nach."

„Dann werden Sie demnächst Näheres von denselben hören und sich wahrscheinlich mehr für sie interessiren, da ein Proceß höchst seltsamer Art die Augen der ganzen gebildeten Welt auf dieses uralte Fürstenhaus, dessen Stammbaum bis in die ersten Jahrhunderte der christlichen Zeitrechnung hinaufreicht, auf sich ziehen dürfte."

„Ein Proceß? Kennen Sie die Veranlassung desselben?"

„Diese gerade ist es, die durch den Proceß an den Tag kommen soll."

„Man muß aber doch vorher wissen, weshalb man überhaupt einen Proceß anfängt."

„Allerdings. Ein Gegenstand zum Streit ist auch vorhanden, oder richtiger, der Gegenstand, um den der Proceß angestellt werden soll, wird vermißt, und eben dies Nichtvorhandensein desselben treibt die beiden streitenden Parteien zu gerichtlicher Vermittelung."

„Das verstehe ich nicht," sagte Graf von Weckhausen. „Wie kann es vernünftigen Menschen einfallen, einen Proceß um etwas überhaupt nicht Vorhandenes zu beginnen! Das Gericht kann sich auf eine derartige, dem Tollhause entstammende Angelegenheit gar nicht einlassen."

„Sie werden sich der Aufforderung in den Zeitungen erinnern, Herr Graf," versetzte der Obergerichtsrath, „die vor einiger Zeit so großes Aufsehen machte. Jetzt hat man dieselbe wohl meistentheils schon wieder vergessen. Im Stillen jedoch stellte man fortwährend Nachforschungen an. Diese haben nun zwar zu keinem wirklichen Resultate geführt, aber doch so viele Indicien geliefert, daß eben die Einleitung eines Processes, den man gleichsam im Beisein des ganzen Publicums verhandelt, gerechtfertigt erscheint."

„Sollte dieser wunderliche Handel etwa mit dem Verschwinden gewisser Kostbarkeiten aus einem fürstlichen Schatze zusammenhängen?" versetzte Aurelio. „Mein Herr

Oheim hat uns seiner Zeit recht interessante, wenn auch wenig glaubwürdige Details darüber mitgetheilt."

„Es ist dieselbe Angelegenheit," sprach Bornstein, „und ich glaubte, die Familie O*, welche den bekannten Verlust erlitten, sei dieselbe, deren Besitzungen mit den Ihrigen grenzen."

„Hat man denn etwas über die verschwundenen Schätze in Erfahrung gebracht?" sagte der Graf.

„Es liegt nichts vor, als der Brief eines Juweliers, der, wahrscheinlich aus Furcht, einer ganzen Reihe von Verhören sich unterwerfen zu müssen, seinen Namen verschwiegen hat."

„Und dieser Brief, was enthält er?"

„So viel man bis jetzt in Erfahrung gebracht hat, die Mittheilung, daß, mache man sich anheischig, nach dem Namen des Schreibers erwähnten Briefes keine weiteren Nachforschungen anzustellen, dieser den Schlüssel des Geheimnisses zu erhalten Aussicht habe."

Aurelio konnte sich eines satirischen Lächelns nicht enthalten.

„Wenn dieser vorsichtige Mann kein Dieb ist, so würde ich vorschlagen, für ihn eine Stelle unter den Weltweisen offen zu halten."

„Der an die regierende Familie der Fürsten O* ge=richtete Brief dieses Unbekannten," fuhr der Obergerichts=

rath Bornstein, fort, „soll so abgefaßt sein, daß daraus
ersichtlich wird, der Verfasser desselben müsse von dem
Verbleiben jener Schätze Kenntniß haben. Ferner wird
behauptet, es sei höchst wahrscheinlich, daß die bloße
Bekanntmachung des Schreibens die Entdeckung des
Geheimnisses fördern helfe. Die processualische Ver=
handlung soll daher auch nichts Anderes bewirken, als
die Feststellung eines zu fassenden Entschlusses. Hat
man sich über diesen Entschluß geeinigt, so beginnt der
eigentliche Proceß erst vor der Welt.‟

„Nun in der That, das ist so neu als originell,‟
sagte der Graf, „und ich gestehe, daß ich höchst gespannt
auf den Beschluß bin, welchen die Kronjuristen des
Fürsten von O* fassen werden. Dürfte noch längere
Zeit darüber vergehen?‟

„In der nächsten Woche schon findet die entscheidende
Berathung statt.‟

„So werde ich meine Abreise noch um einige Tage
länger verschieben,‟ sprach Aurelio. „Ich habe ohnehin,
von meiner Frau hingehalten, diesmal schon weit über
die gewöhnliche Zeit meine Geschäfte vernachlässigt. Em=
pfangen Sie meinen Dank für Ihre interessante Mit=
theilung, die mich wie Alle, welche die Veranlassung
kennen, in wirklich ungewöhnliche Spannung versetzt.‟

Aurelio ließ sich nichts von dem merken, was zwi=

schen ihm und dem Obergerichtsrath verhandelt worden
war. Rosaura hatte wahrscheinlich keine Kunde davon,
auch der Domcapitular schien noch ununterrichtet zu sein.
Der alte Herr freute sich, daß der Graf wider Erwar=
ten ihm so lange Gesellschaft geleistet hatte, und richtete,
als dieser ihm anzeigte, daß der Tag der Trennung
nunmehr schnell heranrücke, die Bitte an ihn, er möge
diese Trennung möglichst abkürzen. Aurelio versprach es
und traf die nöthigen Vorkehrungen für seine Abreise.

Diese letzte kurze Zeit verbrachte Graf von Weckhausen
fast ausschließlich mit Rosaura. Gesellschaft sah das
gräfliche Ehepaar nicht bei sich, auch machte es keine
Besuche. Nur der Domcapitular kam und ging nach
alter Gewohnheit in dem Palais des reichen Mannes
seiner Nichte aus und ein.

„Sie werden Ihre Wette verlieren,“ sagte eines
Mittags, als er sich mit Aurelio allein sah, der Dom=
capitular zu dem Grafen. „Obergerichtsrath Bornstein
hat mir so eben ein Billet geschrieben, worin er mir die
Mittheilung gemacht, daß der Beschluß der Konjuristen
der Fürstin von O* Veröffentlichung des anonymen
Briefes verlangt, von dessen Vorhandensejn Sie unter=
richtet sind. Die Fürsten O* sind eben jene Herrscherfa=
milie, deren Schatzkammer auf so unerklärliche Weise,
wie ich Ihnen erzählte, von unsichtbaren Händen ge=

plündert wurde. Kein Mensch zweifelt mehr, daß sich
das sonderbare Verschwinden der so außerordentlich werth=
vollen Kleinodien ganz natürlich erklären werde und daß
diejenigen, die sich zu diesem Taschenspielerkunststück ver=
leiten ließen, ihren verdienten Lohn erhalten."

Aurelio hatte lächelnd den Domcapitular aussprechen
lassen. Jetzt sagte er ihm Dank für seine Mittheilung,
fügte aber hinzu, daß er gleich anfangs vermuthet habe,
nur den Fürsten O* könne jenes seltsame Unglück zu=
gestoßen sein. „Uebrigens," fuhr er fort, „bin ich jetzt
meiner Sache mehr als gewiß, und Sie werden sehen,
daß Sie doch verlieren!"

„Dann müßten Wunder geschehen!" rief der Dom=
capitular. „In wenigen Tagen schon läuft der Brief
des anonym gebliebenen Juweliers durch alle Zeitungen,
er wird Gemeingut Aller, und es kann gar nicht fehlen,
daß auf irgend eine Weise dadurch Thatsachen offenbar
werden müssen, die das geheimnißvolle Verschwinden der
vermißten Schätze natürlich erklären."

„Wir werden ja sehen," sagte der Graf. „Uebrigens
hält mich jetzt nichts mehr hier fest. Den sonderbaren
Brief, dem man solche Zauberkräfte zuschreibt, kann ich
ja wohl überall lesen. Darum lasse ich mich dem Herrn
Obergerichtsrath Bornstein bestens empfehlen und verab=
schiede mich gleichzeitig auch von Ihnen. Hören wir

nicht früher von einander, so geschieht es doch jedenfalls, sobald ich das Vergnügen haben werde, Ihnen anzeigen zu können, daß ich meine Wette gewonnen habe."

Der Domcapitular überließ sich einem herzlichen Lachen über diese tolldreiste Behauptung des zuversicht= lichen Grafen, denn der Einsturz des Himmels hatte eben so große Wahrscheinlichkeit für sich, als die Be= hauptung Aurelio's, das Verschwinden noch anderer Klei= nodien aus dem Schatze der Fürsten von O* könne sich wiederholen.

Beunruhigende Entdeckungen.

Bald nach des Grafen Abreise erschien der anonyme Brief in allen Zeitungen von dessen Bekanntwerden sich die fürstliche Familie von O* eine so große Wirkung versprach. Er ward von Jedermann gelesen, von Vielen kritisirt, von den Tiefsinnigsten gleich einem alten Codex oder einem Palimpsest studirt. Und wirklich forderte das Schreiben sowol die Kritik wie den Scharfsinn der Den= ker heraus. Man mußte zwischen den Zeilen zu lesen verstehen, wenn diese ganz allgemein gehaltenen Wend= ungen den Schlüssel zur Lösung eines Räthsels, dem man schon lange nachspürte, enthalten sollten. Fragen, welche Einer dem Andern über diesen Brief vorlegte, wurden mit sehr geheimnißvollen Mienen beantwortet, weil Keiner gestehen wollte, daß er gerade so klug sei, wie zuvor.

Auch der Domcapitular gab eine sehr vorsichtige Ant= wort, als der Obergerichtsrath Bornstein seine Mei- nung zu hören wünschte.

„Sie halten also dafür, daß gerade das Nachdenken über den Brief den gewünschten Erfolg haben kann?" sagte Letzterer auf die Antwort des alten Herrn.

„Mir scheint es so," erwiderte Rüterfen.

„Es ist mir lieb, dies von Ihnen zu hören," fuhr Bornstein fort. „Was mich betrifft, so pflichte ich Ihnen vollkommen bei, ja ich bin sogar im Stande, Ihnen eine Entdeckung zu machen."

„Eine Entdeckung, die sich auf die Wirkung des Briefes bezieht?"

„Ich kenne den Verfasser desselben."

„Wirklich? Und Sie dürfen ihn nennen?"

„Nur gewissen Personen, Herr Domcapitular."

„Zu denen ich gehöre?"

„Ich glaube, Sie werden es mir später Dank wissen?"

„Kenne ich ihn etwa?"

„Simonides hat den Brief geschrieben."

Der Domcapitular sah den Obergerichtsrath geraume Zeit verwundert an, dann sagte er: „Glauben Sie denn

wirklich, daß Simonides um das Verschwinden der ver=
mißten Schätze weiß?"

„Das wohl schwerlich, aber er hat einzelne Stücke
derselben gesehen, ja sogar in Händen gehabt."

„Gekauft? von wem?"

„Das ist eben noch ein Geheimniß. Simonides er=
hielt vor Monaten schon eine Zusendung von Edelsteinen,
die von einem Schreiben ohne Namensunterschrift beglei=
tet war. Die Edelsteine hatten einen hohen Werth, und
der Juwelier war sehr geneigt, auf das Geschäft, das
man ihm anbot, einzugehen. Nur die Anonymität des
Einsenders machte ihn bedenklich. Indeß glaubte er
bei einiger Vorsicht doch den Versuch einer Anknüpfung
mit dem unbekannten Einsender machen zu dürfen. Der
Brief enthielt einige Zeichen, deren Simonides sich be=
dienen sollte, wenn er die Absicht habe, die ihm ange=
tragenen Juwelen durch Kauf zu erwerben. Ein Billet,
mit diesen Zeichen versehen, sollte in eine leere Flasche
gelegt und diese, fest verkorkt, in den Strom geworfen
werden. Befolge Simonides — hieß es weiter — die=
sen Wink, so werde in nicht gar langer Zeit ein
zuverlässiger Mann bei ihm erscheinen, sich durch Ueber=
reichung des von dem Juwelier herrührenden Billets
als befugter Unterhändler ausweisen und das Geschäft
mit ihm abschließen."

„Ging Simonides auf diese seltsamen Weisungen ein?"

„Gerade die Seltsamkeit reizte ihn," sagte der Ober=
gerichtsrath. „Er sah keine Gefahr bei dem wunder=
lichen Handel, aber er fürchtete mit keinen ehrenwerthen
Leuten in Verbindung zu kommen. Wie oft sind schon
Juwelen entwendet worden, und wie unendlich schwer
ist es, sind sie erst von Hand zu Hand gegangen, sie
ihrem rechtmäßigen Eigenthümer wieder zu verschaffen!
Simonides wollte sich deshalb sicher stellen, um nicht
später einmal einer unredlichen Handlung geziehen werden
zu können. Er wendete sich an mich und theilte mir
vertrauensvoll die sonderbare Zumuthung mit, zugleich
sich meine Ansicht darüber und meinen Rath erbittend.
Auch die Edelsteine zeigte er mir. Es waren Smaragden
von ungewöhnlicher Schönheit und einige wenige schlecht
geschliffene, aber sehr werthvolle Diamanten. Seiner
Behauptung nach mußten dieselben zu einem außerordent=
lich kostbaren Schmuck gehört haben, dem man sie ent=
nommen hatte. Mich interessirte diese Mittheilung, ich
behielt eine genaue Copie des Briefes und der Zeichen,
und forderte Simonides auf, die Weisung buchstäblich
zu vollziehen. Obwohl ich im Geheimen Anstalten traf,
das ganze Flußufer in der Gegend, wo der Juwelier
die Flasche den Wellen anvertrauen sollte, zu überwachen,
wurde doch nichts Verdächtiges bemerkt."

„Hatte diese sonderbare Procedur Erfolg?" fragte
der Domcapitular, der mit wachsender Spannung der
Erzählung Bornstein's lauschte.

„Es vergingen mehrere Wochen, ohne daß irgend
eine Nachfrage erfolgte," fuhr der Obergerichtsrath fort,
„und Simonides glaubte schon, die Flasche mit seinem
Zettel sei verloren gegangen. Da meldete sich Abends
ein Mann bei ihm, der seiner Sprache wie seiner Ge=
sichtsfarbe nach südeuropäischer Abkunft zu sein schien,
und legitimirte sich durch den Zettel, welchen der Juwelier
in die Flasche legte."

„Haben Sie den Mann nicht festnehmen lassen?"

„Dazu hatte ich weder ein Recht noch eine Veran=
lassung. Simonides kaufte dem Fremden die Juwelen
ab und bewahrte sie sorgfältig auf. Dieser schien er=
freut zu sein, einen guten Handel gemacht zu haben,
und versprach in einiger Zeit wieder zu kommen."

„„Natürlich ist er ausgeblieben?" meinte der Dom=
capitular.

„Im Gegentheil, er stellte sich ein zweites Mal bei
Simonides früher ein, als dieser es erwartet hatte.
Ich wußte um den Fremden, denn der Juwelier hielt
ihn beim ersten Besuche so lange fest, daß es mir möglich
wurde, ihn beobachten zu lassen. Er hat sich zwischen
diesem ersten und zweiten Besuche stets in unserer nächsten

Nähe aufgehalten. Sie selbst kennen ihn und haben mit ihm gesprochen."

„Ich .... mit Ihrem Unbekannten?"

„Es ist der Marchese Oruna."

„Das ist unmöglich!"

„Mitunter nennt er sich auch einfach blos Oruna und hat dann die Liebhaberei, als Tabuletkrämer das Volk und seine Sitten zu studiren."

„Der Marchese Oruna war ja dem Grafen von Weckhausen empfohlen," sagte der Domcapitular, „meine Nichte gab ihm zu Ehren eine Abendgesellschaft, der Sie nur deshalb nicht beiwohnten, weil Sie leider in Dienst= angelegenheiten verreist waren. Sie sehen also, Ihre Behauptung beruht auf einem Irrthume!"

„Hat der Herr Graf von Weckhausen nicht neulich bei seiner Abreise einen neuen Bedienten engagirt?" warf der Obergerichtsrath ein.

„Es ward ihm schwer, einen tauglichen Mann auf= zufinden, seit sein früherer sehr erfahrener Bediente, weil er das hiesige Klima nicht vertragen konnte, um wie Erlaubniß bat, in seine schöne Heimath zurückkehren zu dürfen."

„Der neue Bediente spricht gut Spanisch, nicht wahr?"

„Er ist ein geborener Catalonier."

„Schade, daß Sie den Mann nicht schärfer in's Auge gefaßt haben," sagte Bornstein; „Sie würden dann gefunden haben, daß er dem Marchese Oruna ungemein ähnlich sieht, fast so ähnlich, als seien Beide nur eine einzige Person."

„Herr Obergerichtsrath," erwiederte jetzt der Domcapitular sehr ernst, „ich will nicht hoffen, daß Sie sich einen Scherz gegen mich erlauben; eben so wenig kann ich glauben, daß allen diesen Mittheilungen eine geheime Absicht zu Grunde liegt! Der Gatte meiner Nichte ist ein Mann von Ehre, den Sie ja selbst für den Staatsdienst zu gewinnen suchten. Sein Charakter steht tadellos da. Ein solcher Mann umgiebt sich nicht mit zweideutigen Subjecten."

„Tadellose Charaktere sind oft am leichtesten zu täuschen," versetzte Bornstein. „Ich bin fest überzeugt, daß Graf von Weckhausen, eben so wenig wie Sie selbst, eine Ahnung hat, wer eigentlich die Person ist, die sich als Bedienter von ihm hat engagiren lassen."

Wenn Sie Ihrer Sache so gewiß sind, weshalb eröffneten Sie sich nicht dem Grafen?"

„Gewichtige Gründe ließen dieß nicht zu," sprach Bornstein. „Der Marchese Oruna oder wer sich sonst hinter demselben verbergen mag, ist im besten Falle ein Abenteurer, ich glaube sogar, daß er eine noch ge=

fährlichere Perſönlichkeit iſt. Es hat ſich nämlich heraus=
geſtellt, daß die Smaragden, welche der vorgebliche Mar=
cheſe dem Juwelier Simonides zum Kaufe anbot, dem
Diademe entnommen ſind, das den regierenden Fürſten
von O* gehört und das man nebſt einer Menge anderer
Kleinodien zuerſt bei der Vermählung der Prinzeſſin ver=
mißte. Auch die Diamanten gehören zu jenem ver=
ſchwundenen Familienſchmuck.. Sie bildeten eine Roſette,
die als Broche getragen ward.“

„Dieſe Mittheilungen verſetzen mich in die größte
Unruhe,“ ſagte der Domcapitular. „Sie müſſen, wenn
man in dem Bedienten des Grafen von Weckhauſen einen
Verbrecher entdecken ſollte, dieſen ſelbſt höchlichſt com=
promittiren.“

„Dieſe Beſorgniß vermag ich nicht zu theilen,“ er=
widerte der Obergerichtsrath, „für mich liegen augen=
blicklich die Dinge weit einfacher, als es auf den erſten
Anblick ſcheinen mag. Der Marcheſe — wir wollen
ihn einſtweilen ſo nennen — iſt entweder ein ganz ge=
wöhnlicher Betrüger, der nur durch größere Geſchicklich=
keit und durch die Gabe, ſich in den beſten Circeln leicht
und ſicher zu bewegen, Fremde für ſich einzunehmen
verſteht oder er iſt wirklich jener illegitime Erbe, welcher
Anſprüche auf das Fürſtenthum zu erheben ein Recht zu
haben glaubt. Es mag ihm gelungen ſein, ſich durch

Beſtechung oder auf ſonſt eine Weiſe in den Beſitz der
ſo wichtigen Schätze zu ſetzen; weil ihm aber zugleich
auch Alles daran gelegen ſein mußte, unentdeckt zu blei=
ben, hat er Zuflucht im Auslande geſucht und iſt nun
hier darauf bedacht, vorerſt einen Theil der entführten
Kleinodien zum Schein zu veräußern, um, iſt ſein
Streich gelungen, ſie ſpäter wieder an ſich zu bringen.
Ich vermuthe ferner, daß er ſich hier nicht mehr für
ſicher hielt und daß er deshalb die ſich ihm darbietende
Gelegenheit, in ſein Vaterland unerkannt zurückkehren
zu können, mit beiden Händen ergriff. In dem Be=
bienten des Grafen Aurelio von Weckhauſen vermuthet
Niemand einen Marcheſe, vielweniger einen Prinzen, der
ſich mit dem Gedanken trägt, bereinſt die Stufen eines
Thrones zu beſteigen!"

„Man muß den Grafen unter der Hand doch be=
nachrichtigen, wer ſein Begleiter iſt," ſagte der Dom=
capitular.

„Allzu große Eile bürfte dies nicht haben," meinte
Bornſtein. „Je länger wir ſchweigen, deſto leichter
wiegt ſich der angebliche Marcheſe in Sicherheit, und
das iſt, was wir wünſchen müſſen. Höchſt wahrſchein=
lich tauchen nach einiger Zeit andere Juwelen auf, die,
wofür man Sorge getragen hat, alle an Simonides
ausgeliefert werden. Das Verzeichniß und die Beſchrei=

bung der verschwundenen Schätze befindet sich ja in den Händen aller Juweliere. Es kann also, da man bereits einige Juwelen bestimmt ermittelt hat, nicht schwer fallen, noch andere dazu gehörige ebenfalls zu sammeln. Um den Grafen drücken mich andere Sorgen!"

„Ich bitte, sich offen gegen mich auszusprechen meiner Nichte wegen!"

„Graf von Weckhausen ist reich, freigebig, ein Freund des Glanzes und Luxus. Er hat seiner jungen Gemahlin zu wiederholten Malen Versprechungen gemacht, die er eines Tages sicherlich hält. Wenn es ihm nun einfallen sollte, von dem Marchese einige jener Juwelen, die dem fürstlichen Schmucke entnommen sind zu kaufen . . ."

„Von seinem Bedienten?" unterbrach der Dom= capitular den Gerichtsrath. „Ein Bedienter, der seinem Herrn Juwelen zum Kauf anbietet, würde sich selbst zum Diebe stempeln!"

„Der Tabuletkrämer ist kein Bedienter mehr, es wäre ja aber auch möglich, daß der Tabuletkrämer zum Landmanne, zum reichen Pachter oder zum Chef eines renommirten Handlungshauses würde, das außer andern Gegenständen auch Edelsteine zu verkaufen hätte."

„Sollte diese Bemerkung eine tiefere Bedeutung haben?" fragte der Domcapitular.

„Der Herr Graf hat es mir selbst mehr als einmal

geſtanden, daß Juwelen, überhaupt Koſtbarkeiten ſeltener
Art eine ungewöhnliche Anziehungskraft für ihn beſitzen
und daß vorzugsweiſe dieſe Liebhaberei ihn veranlaßt
habe, von einem großen genueſiſchen Handlungshauſe
ältere Schätze dieſer Art an Zahlungsſtatt anzu=
nehmen.“

„Jenes Haus iſt durch Erbſchaft in den Beſitz der
erwähnten Schätze gekommen.“

„So ſagt man, neuerdings jedoch haben ſich Zweifel
erhoben.“

„Gegen den rechtmäßigen Erwerb der Kleinodien des
erwähnten Hauſes?“

„Man weiß nur, daß der Chef deſſelben flüchtig
geworden iſt.“

„Das Haus ſtand lange ſchon auf ſchwachen Füßen,
und gerade dies veranlaßte den Gemahl meiner Nichte,
auf den ihm gemachten Vorſchlag ſo bereitwillig einzugehen.“

„Der Herr Graf hätte doch vorſichtiger ſein ſollen,“
ſagte der Obergerichtsrath. „Aber freilich, wie konnte
der vornehme vertrauensvolle Mann wiſſen, daß man
ihn betrog!“

„Betrog? Der Genueſe betrog den Grafen?“

„Ich bitte, Herr Domcapitular, erfüllen Sie mir
eine Bitte!“ ſprach Bornſtein mit größerm Ernſte. „Es
iſt ein Freund, der zu Ihnen ſpricht!“

„Wenn ich es vermag, haben Sie über mich zu gebieten!"

„Sie haben ein Kästchen in Verwahrung, das die Gräfin von ihrem Gatten während seiner erften Reise nach der Vermählung zum Geschenk erhielt. Das Käst= chen ist von Ebenholz, trägt eine goldene Kugel mit Brillanten verziert und enthält einen uralten, kostbaren Schmuck .... Ich bitte, vertrauen Sie mir dieses Käftchen an! ..."

„Halten Sie es in meiner Behausung für weniger sicher, als in der Ihrigen?"

„Ich würde es Dritten in Verwahrung geben."

„Dem Juwelier Simonides? Er kennt es bereits."

„Unter Verschluß des Gerichtes, glaub' ich, wäre es noch besser aufbewahrt!"

Der Domcapitular fuhr entsetzt von seinem Stuhle auf, und die Bestürzung raubte ihm fast die Sprache.

„Was .... soll das ... bedeuten?" ftammelte er.

„Nichtswürdige schlaue Betrüger haben den arglosen Grafen auf eine empörende Weise hintergangen und zu seinem größten Nachtheile dupirt," verfetzte der Ober= gerichtsrath. „Zum Glück läßt sich aber Alles noch rechtzeitig wieder in Ordnung bringen. Der Graf ist reich, er wird also gern eine Summe opfern, um un= nöthiges Auffehen zu vermeiden. Jenes Käftchen ist

geraubt, von ganz gemeinen Straßenräubern einer reisen=
den Herrscherfamilie gewaltsam entrissen worden. Simo=
nides machte zuerst diese Entdeckung und setzte mich davon
in Kenntniß, um Sie, Ihre Nichte und den Grafen in
jeder Hinsicht zu schonen. Ich überzeugte mich von der
Schuldlosigkeit des Letzteren und beschloß deßhalb, eine
schickliche Gelegenheit abzuwarten, um ihn einer höchst
fatalen Lage zu entreißen. Die Zeit, zu sprechen, ist
jetzt gekommen. Darum wiederhole ich meine Bitte.
Man wird keine weiteren Nachforschungen anstellen, wenn
das geraubte Kästchen der Familie wieder ausgeliefert
wird und der Herr Graf durch einen Eid bekräftigt, daß
er dasselbe von jenem genuesischen Hause an Zahlungs=
statt erhalten, dessen Chef, betrügerischer Handlungen
überführt, sich auf flüchtigen Fuß gesetzt hat, vielleicht
aber auch in diesem Augenblicke schon in den Händen
der Gerechtigkeit sich befindet."

Der Ernst des Obergerichtsrathes, die Wärme,
mit welcher er sprach, mußten dem Domcapitular die
Ueberzeugung beibringen, daß der Fall ernst sei und
allzulanges Besinnen unberechenbare Nachtheile bringen
könne.

„Sie haben mir noch nicht Alles mitgetheilt," sprach
Rütersen sich nach Kräften fassend. „Jener Betrüger
ist entdeckt — der Graf selbst compromittirt ... Lieber

Himmel, was soll aus meiner armen, nichts ahnenden Nichte werden!"

„Man verfolgt die Spur des wahrscheinlichen Ver= brechers, der Viele in großes Leid bringen dürfte," er= widerte Bornstein. „Graf von Weckhausen ist bis jetzt noch frei von jedem Verdacht; nur das Kästchen mit den Juwelen könnte, entdeckte man es im Besitz des Grafen, ihn wenigstens in Unannehmlichkeiten verwickeln."

„Und wenn ich es Ihnen ausliefere . . . ohne des Grafen, ohne meiner Nichte Wissen, von wem hat es dann das Gericht erhalten?"

„Ein Juwelendieb, der auf der That ertappt wird und bei dem man eine Menge anderer derselben Familie angehörende Kostbarkeiten entdeckt, dürfte unschwer zu überführen sein, das gerade dieser werthvollste Raub ihm ebenfalls zugehört. Sollte er aber leugnen, nun, so glaubt man ihm nicht."

Noch zögerte der Domcapitular, unschlüssig, ob er das verhängnißvolle Kästchen, die erste werthvolle Lie= besgabe Aurelio's an Rosaura, dem Obergerichtsrath einhändigen sollte. Während er nachdenkend das Zimmer durchwandelte, klang die Glocke an der Thür des Corri= dor's. Der Domcapitular blieb stehen und horchte mit angehaltenem Athem.

„Es ist mein Diener, den ich bestellt habe," sagte

Bornstein. „Er soll das Kästchen in Empfang nehmen.
Bitte, zögern Sie nicht länger!"

Rüterfen erschloß seufzend seinen Secretair und reichte
dem Obergerichtsrath den alterthümlichen Familienschmuck.
Dankend nahm ihn dieser entgegen.

„Sie versprechen, den Grafen in keiner Weise zu
compromittiren?" fragte der Domcapitular.

„In keiner Weise, wenn er selbst nicht durch unzei=
tiges Prahlen die Gerichte herausfordert."

Die Glocke klang abermals, und ein Bedienter trat
ein. Er trug einen Teller, auf dem ein Brief lag.
Der Domcapitular winkte, den Teller auf ein Tabouret
zu stellen, was der Bediente that, worauf er sich wieder
entfernte.

„Ich werde Ihnen diesen Freundschaftsdienst nie ver=
gessen," sprach der Domcapitular zu Bornstein, „und
damit der Graf nicht etwa zufällig von dem hier wäh=
rend seiner Abwesenheit Vorgefallenen durch Zeitungs=
mittheilungen Kunde erhält, werde ich ihn noch heute
davon unterrichten."

Der Obergerichtsrath, dessen Diener noch nicht an=
gekommen war, billigte diese Vorsicht und empfahl sich,
das Kästchen mit dem Geschmeide fest im Arme haltend,
von dem höchlichst beunruhigten alten Herrn.

7. Beunruhigende Nachrichten.

Nach Verlauf einiger Minuten erst gedachte der Dom=
capitular wieder des Briefes. Er nahm ihn auf, um
ihn zu öffnen, und erkannte die Schriftzüge des Grafen.
Eine trübe Ahnung bemächtigte sich seiner, als er das
Couvert erbrach. Das Schreiben war aus Frankreich
ohne nähere Ortsangabe datirt uub meldete dem Domcapitular zuerst die in sehr kurzer Zeit erfolgende Rückkehr
Aurelio's und als Neuigkeit, die wahrscheinlich ihren
Weg noch nicht zu dem verehrten Oheim gefunden haben
werde, einen zweiten Besuch der unsichtbaren Kobolde
in der Schatzkammer der Fürsten von O*. Am Schlusse
des Briefes, den Rüterfen mit schwimmenden Augen
durchflog, war sogar ein Verzeichniß der Kostbarkeiten
aufgeführt, welche bei diesem zweiten, so räthselhaften
Eingriff in den Schatz verschwunden sein sollten. Scher=
zend fügte der Graf diesem Verzeichniß die Worte bei:

„Nun bitte ich Sie inständigst, verehrter Herr Oheim,
lassen Sie sich um Himmels willen nicht bereden, irgend
etwas von seltenen Werthsachen zu kaufen! Kein Juwelier
kann augenblicklich dafür einstehen, daß nicht irgend ein
tückischer, schadenfroher Kobold ihn zum Besten hat und
ihm Sachen zum Kauf anbietet, an denen ein Stückchen
seines guten Namens hängen bleibt. Mir aber zahlen

Sie Ihre verlorene Wette! Behändigen Sie unmittelbar nach Empfang dieser Zeilen das bewußte Kästchen dem Herrn Simonides und tauschen Sie für den Inhalt desselben ein Geschmeide ein, an welchem meine geliebte Rosaura Freude hat, so lange sie lebt. Simonides ist der einzige Juwelier, dem Sie vertrauen dürfen. Ich selbst habe ihn eines Tages absichtlich auf die Probe gestellt, und er hat sie merkwürdig gut bestanden. Auf baldiges Wiedersehen!"

Diesem Briefe war ein duftendes Billet an Rosaura beigeschlossen.

Der Domcapitular wußte nicht, sollte er sich über diese Nachrichten Aurelio's freuen oder betrüben. Daß er alsbald zurückkommen werde, war ihm lieb, was er ihm aber von dem räthselhaften Verschwinden werthvoller Kleinodien aus dem Schatze der Fürsten von O* mittheilte, erfüllte ihn mit ernsten Besorgnissen. Glaubte er doch in den Worten des Grafen selbst die Befürchtung zu lesen, die angeblichen Kobolde möchten sich eines Tages unerwartet in sehr greifbare Wesen verwandeln. Nur so konnte er sich die allerdings scherzhaft gehaltene Warnung Aurelio's erklären. Was aber sollte er dem Grafen sagen, wenn dieser bei seiner Rückkunft das Geschmeide für Rosaura zu sehen wünschte? Es war anzunehmen, daß Aurelio von Weckhausen aufbrausen, in

der erſten Aufregung vielleicht den Obergerichtsrath zur
Rede ſetzen werde und damit gerade das, was durch
Entfernung des offenbar geraubten Käſtchens verhindert
werden ſollte, herbeiführen könne.

Gern hätte ſich der geängſtigte Rüterſen ſeiner Nichte
vertraut. Damit ward aber nichts gebeſſert, denn wer
konnte wiſſen, ob Roſaura nicht aus Angſt das Vorge=
fallene ihren Freudinnen ausplauderte? Er beſchloß alſo
vorläufig die Mittheilungen des, wie es ſchien, ſehr
heiter geſtimmten Grafen geheim zu halten. Einigen
Zeilen an ſeine Nichte legte er das Billet Aurelio's bei,
indem er Roſaura ihn zu beſuchen bat. Er ſchützte Un=
wohlſein vor, ſonſt — ſchrieb er — würde er lieber
auf's Land kommen, als ſie zu ſich in die geräuſchvolle
Stadt einladen.

Roſaura ließ nicht lange auf ſich warten. Freudiger
als je begrüßte ſie ihren Oheim, dem ſie mittheilte, Au=
relio wünſche Tags nach ſeiner Ankunft einige Freunde
bei ſich zu ſehen. Sie ſchlug zur Bequemlichkeit des
Oheims vor, dieſe kleine Geſellſchaft wie früher im Hauſe
des Domcapitulars zu empfangen.

Rüterſen ſchien von dieſer Mittheilung nicht ſehr er=
freut zu ſein, was er Roſaura gegenüber durch Unwohl=
ſein entſchuldigte. Die fröhliche Nichte mußte ihm ſodann
die Namen der von Aurelio Bezeichneten nennen, unter

denen der Obergerichtsrath Bornstein gleich obenan stand. Den Schluß der Verzeichneten machte Simonides.

„Der Juwelier?" sagte Rüterfen. „Wie kommt der Graf dazu, diesen Mann unter seinen Gästen sehen zu wollen?"

„Wir sind ihm zu großem Dank verpflichtet, meint Aurelio," lautete Rosaura's Antwort. „Weshalb, kann ich auch nicht errathen."

„Wirst du Aurelio's Weisung folgen?"

„Ohne Frage, gütigster Oheim! Die Freude wäre ja nur eine halbe, wenn er Einen der ausdrücklich Genannten vermißte."

„Wahrscheinlich will er Dir eine Ueberraschung durch Simonides bereiten laffen", sprach der Domcapitular. „Ich weiß, daß er zu verschiedenen Malen mit dem Juwelier verkehrte."

„In der erften Zeit unserer Ehe, später nicht mehr," versetzte Rosaura. „Er war unzufrieden, weil Simonides bei jedem Geschäft kleinliche Pedanterie an den Tag legte. Aurelio hat mir wiederholt versichert, er halte jeden Edelstein für unecht oder für entwendet. —"

„Entwendet?" unterbrach Rüterfen seine Nichte. „Wie kann ein Geschäfts= und Handelsmann gegen einen Grafen solch' beleidigende Außerung zu thun wagen!"

„Ich wunderte mich auch darüber", sagte Rosaura,

„Aurelio aber machte wenig Aufhebens davon. Die Ju=
weliere seien ohne Ausnahme mißtrauische Leute, meinte
er, nur gingen Andere nicht so überaus vorsichtig zu
Werke wie Simonides. Ich vermuthe, daß gerade diese
übertriebene Vorsicht die Veranlassung geworden ist, wes=
halb Aurelio den Mann eingeladen hat. Er wird ein
Geschäft, einen Tausch mit ihm abschließen wollen, denn
ohne Juwelen kömmt Aurelio von keiner Reise zurück.
Als Gast nun, von seinem Wirthe mit Aufmerksamkeit
behandelt, kann Simonides die scharfen Ecken seines
mißtrauischen Wesens, ohne beleidigend zu werden, nicht
in schroffer Weise herauskehren."

Rütersen fand, daß die Gräfin Recht haben könne,
und Rosaura traf Anstalten, Einladungskarten herumzu=
senden. Alle Galadenen nahmen an.

Der Domcapitular erholte sich von der Erschütterung,
die ihm theils die Eröffnung Bornstein's, theils der
Brief des Grafen verursacht hatte, und sah Aurelio's
Rückkunft mit ziemlicher Ruhe entgegen. Da inzwischen
nichts geschah, was ihm auffällig hätte erscheinen können,
so glaubte er, mit der Auslieferung des verfänglichen
Schmuckkästchens, sei eine drohende Gefahr, die unter
allen Umständen viel von sich würde reden gemacht ha=
ben, wäre sie bekannt geworden, von seinem nächsten
Verwandten glücklich abgewendet. Ihm blieb nur noch

übrig, einen günstigen Moment abzuwarten, um dem aufbrausenden Grafen die Nothwendigkeit seines Handelns klar zu machen.

So vergingen noch etwa acht Tage. Ein zweiter, direct an Rosaura gerichteter Brief Aurelio's war eben= falls in munterer Laune geschrieben und enthielt am Schlusse die lakonische Frage: „Hat der gütige Oheim Wort gehalten?"

Rosaura verstand diese Frage nicht und legte sie deshalb dem Domcapitular ☙ vor doch darum wissen mußte.

Lächelnd erwiederte Rüterfen darauf: „Es ist Alles aufs Beste besorgt. Beruhige Dich nur!"

Sich selbst sagte er, daß Graf von Weckhausen mit dieser Frage nur den Umtausch des alten Schmuckes in ein neues brillantes Geschmeide für Rosaura gemeint haben könne.

8. Eine entscheidende Unterredung.

Zur festgesetzten Stunde umarmte Aurelio seine von Glück und Jugend strahlende Gattin, um sich dann in Rosaura's Gesellschaft zum Domcapitular zu verfügen. Dieser empfing den Grafen ernster als sonst, erkundigte sich aber mit Theilnahme nach bessen Erlebnissen.

„Im Allgemeinen", gab Aurelio zur Antwort, „hat

das Glück mich begünstigt. Die Ausbeute meiner Gru=
ben hat sich sogar noch ergiebiger als in früheren Jahren
erwiesen. Wenn die Personen, mit denen man nun ein=
mal zu thun hat, nur etwas zuverlässiger und weniger
arrogant wären! Ein paar Menschen, denen ich vor=
zugsweise mein Vertrauen schenkte, haben mich leider
recht hämisch hintergangen, und so schwer es mir fiel,
sie zu entfernen, mußte ich mich doch für immer von
ihnen trennen.

„Hatten sie das ihnen geschenkte Vertrauen gemiß=
braucht?" fragte der Domcapitular.

„Auf die schmählichste Weise", fuhr der Graf fort.
„Sie kennen mein langjähriges Verhältniß mit dem
genuesischen Hause —"

„Das niemals zahlte?"

„Dasselbe! Mit Noth und Mühe glaubte ich endlich
zu dem Meinigen gekommen zu sein —"

„Indem Sie Edelsteine, Gold und Silber an Zah=
lungsstatt annahmen."

„Alles, was werthvoll und verwerthbar war, gütigster
Herr Oheim. Ich hatte natürlich Verluste dabei, nicht
eigentlich, was den Werth der mir gelieferten alten und
schadhaften Kostbarkeiten betraf, sondern weil deren Ver=
werthung stets mit Schwierigkeiten verbunden war. Der
Eine wollte silberne Geräthe, wenn ich ihm nur goldene

bieten konnte; der Andere mäkelte an den besten Steinen, ein Dritter zog deren Echtheit in Zweifel, ein Vierter endlich hatte gar Bedenken noch schlimmerer Art. Genug, ich war fest entschlossen, nach glücklich erfolgter Abwickel= ung mit dem mir unbequemen genuesischen Hause alle Verbindungen abzubrechen. Statt nun aber meinen Weisungen, die in diesem Falle doch als von mir aus= gehende Befehle zu respectiren waren, pünktlich sich zu fügen, gewährt der eigensinnige Mensch dem Genuesen auf's Neue einen bedeutenden Credit, eine Eigenmächtig= keit, die mich in empfindliche Verluste bringen kann."

„Hat das Haus fallirt?"

„Das nicht, aber der Chef desselben ist heimlich ent= wichen, und nun bringe ich zu meinem größten Erstaunen in Erfahrung, daß überhaupt schon seit Jahren Unred= lichkeiten mancherlei Art vorgekommen sind. Darüber erbittert, habe ich den Mann, der mir diese ärgerlichen Erfahrungen durch pünktlichen Gehorsam so leicht hätte ersparen können, abgelohnt und fortgeschickt."

„Sie können sich immer noch Glück wünschen, daß Sie zu rechter Zeit Kunde erhielten von dem Stande der Dinge," versetzte der Domcapitular. „Nicht Jeder kann sich solcher Gunst Fortuna's rühmen. In Ihrer Abwesenheit hat man hier ebenfalls eine Entdeckung ge= macht, die noch böse Untersuchungen zur Folge haben wird."

„Hier? . . . In dieser Stadt? . . ." fragte Aurelio.

„Sie kennen den Brief, welcher, wie jetzt bekannt. ist, in Sachen des Schatzes der Fürsten von O* die Runde durch alle Zeitungen machte."

„Ach ja," fiel Aurelio dem Domcapitular in's Wort. „Dieser Brief hat mich amusirt. Er war so gescheidt abgefaßt, daß ihn nur ein Allwissender oder Hexenmeister verstehen konnte."

„Halten Sie ihn für unecht?"

„Keineswegs, sein Verfasser ist aber jedenfalls ein Spaßvogel, welcher der leichtgläubigen Menge etwas aufbinden will."

„Ich las ihn auch," sagte der Domcapitular, „allein und mit Andern, nnd uns schien er Andeutungen von Wichtigkeit zu enthalten."

„Zum Beispiel?"

„Es wird aus denselben ersichtlich, daß diebische Hände den Schatz der Fürsten von O* heimlich zu öffnen verstanden."

Graf von Weckhausen lachte sehr heiter.

„Mein Brief, gütigster Oheim, und meine in die Form einer Bitte eingekleidete Bestellung haben Ihnen bereits gesagt," erwiederte er, „daß diese Vermuthungen grundlos sind. Meine Hypothese von den Kobolden, welche dem Fürstenhause zürnen, war richtiger. Sie hatten doch die Güte, meine Bitte zu beachten?"

Rüterfen, fah jetzt dem Grafen scharf in's Auge. Aurelio behielt den lächelnden Zug bei, der den Aus= druck feiner Mienen verfchönernd belebte.

„Wenn ich es nun nicht gethan hätte," fragte er den Grafen nach einer kleinen Weile, „würden Sie mir wohl für mein Zögern dankbar fein?"

Das Lächeln in Aurelio's Antlitz verlor fich und machte einem Schimmer von Traurigkeit Platz.

„Es würde mich meiner geliebten Rofaura wegen betrüben," verfetzte er.

„Meine Nichte befitzt der Kostbarkeiten mehr als nöthig find, um glücklich leben zu können," fuhr der Domcapitular fort. „Ein kluger Mann, welcher die Liebe feiner Gattin für das höchfte Gut hält, das der. Himmel ihm gefchenkt hat, muß weife Maß zu halten verftehen und die Frau nicht durch zu - reiche Gefchenke verwöhnen. Weil es mir nun fchien, als wäre es Ihnen unmöglich, dies Maß zu beobachten, habe ich Ihren Auftrag nicht vollzogen."

Aurelio's leife Betrübniß verwandelte fich, wie fein Mienenfpiel verrieth, offenbar in Aerger. Er ftand auf, ftieß den Stuhl, der ihn getragen hatte, unfanft zurück, und fagte in faft unehrerbietig klingendem Tone zu Rü= terfen: „Dann will ich das Verfäumte fogleich nachholen. Rofaura hat mein Wort zum Pfande und erwartet

12*

schon lange, daß ich es einlösen werde. Ich ersuche um
Auslieferung des Kästchens mit dem alten Schmucke."

Ehe der Domcapitular auf diese sehr bestimmt aus=
gesprochene Forderung antworten konnte, überreichte ihm
der eintretende Bediente ein Billet mit der Bemerkung:
„Von dem Herrn Obergerichtsrath Bornstein."

Rüterfen stand jetzt ebenfalls auf, trat an's Fenster
und öffnete es, ein Wort der Entschuldigung an den
Grafen richtend. Während er die erhaltenen Zeilen
durchlas, ward er sehr blaß. Sinnend faltete er das
Billet wieder zusammen und kehrte zu seinem Sessel zu=
rück. Er stützte sich auf die Lehne desselben und sagte
dann mit Nachdruck: „Jenes Kästchen befindet sich nicht
mehr in meiner Verwahrung. Ich ward von einem
Freunde gebeten, es ihm zu überlassen."

Aurelio von Weckhausen erschrak sichtlich.

„Fürchteten Sie vielleicht man könnte bei Ihnen
nachfragen, auf welche Weise Sie in den Besitz desselben
gekommen seien?" sagte er übereilt.

„Ich nicht, aber ein Freund von Ihnen fürchtete et=
was der Art", versetzte der Domcapitular. „Es wird
nöthig werden zu ermitteln, von wem das Kästchen her=
rührt und wer es Ihnen käuflich überließ."

Der Graf war offenbar unangenehm von dieser
Mittheilung überrascht, er wußte sich indeß schnell zu

faſſen, und ohne die letzte Frage Rüterſen's zu beant=
worten, ſagte er: „Sie dürfen mir den Namen dieſes
Freundes nicht vorenthalten, theurer Herr Oheim. Jeden=
falls findet hier eine Verwechſelung zweier Gegenſtände
ſtatt, die einander ähneln. Ich geſtehe offen, daß ich
eine ſolche Möglichkeit immer gefürchtet habe und daß
ich gerade deshalb einen Umtauſch des Schmuckes, welchen
mein Geſchenk an Roſaura birgt, ſchon ſeit längerer Zeit
wünſchte. Ich muß alſo, wie Ihnen einleuchten wird,
unſern ebenſo aufmerkſamen als vorſichtigen Freund ſo=
gleich ſprechen.‟

„Obergerichtsrath Bornſtein wird gewiß erfreut ſein,
Sie wieder zu ſehen‟, meinte der Domcapitular.

„Bornſtein?‟ wiederholte Aurelio nachdenklich. „Alſo
Bornſtein! . . . Ich hätte es vermuthen können! . . . .‟

Darauf ward er plötzlich auffallend zerſtreut, ſprach
noch kurze Zeit über gleichgültige Dinge mit dem Oheim
ſeiner Gattin, fragte wiederholt, ob auch ſämmtliche Ein=
geladene bei dem morgenden freundſchaftlichen Abend=
cirkel erſcheinen würden, und empfahl ſich endlich unter
einem Strom von Dankesworten, wie der Domcapitular
ſie noch nie in ſo reicher Fülle von dem Grafen ver=
nommen hatte.

Kaum ſah ſich Rüterſen allein, als er auch Befehl
ertheilte, ſeinen Wagen anſpannen zu laſſen. Das er=

haltene Billet Bornſtein's zu ſich ſteckend, fuhr er zu
dem Obergerichtsrathe.   Unterwegs gab er ſich der Hoff=
nung hin, er werde den Grafen bei Bornſtein treffen.
Aurelio von Weckhauſen hatte ſich aber nicht daſelbſt ſehen
laſſen.   Die Unterredung des Domcapitulars mit dem
Obergerichtsrath dauerte lange.   Sie endigte mit der
Verſicherung des Letzteren, daß alles Aufſehen vermieden
werden ſolle.   Auf die Haltung des Grafen nur würde
es ankommen, ob das Unerläßliche ſtill vor ſich gehen
könne, oder ob man Gewalt werde brauchen müſſen.

„Und meine Nichte?" rief der erſchütterte Domca=
pitular.   „Sie hat keine Ahnung von dem, was ihr
bevorſteht! . . . Wer auch konnte vermuthen, daß ſich
ein Verbrecher in dieſem vollendeten Gentleman ver=
berge!"

„Die Gräfin iſt vorbereitet", erwiederte Bornſtein.
„Uebrigens fällt auf den Grafen der geringere Antheil
an der Schuld.   Er half das Verbrechen nur fördern,
er beging es nicht ſelbſt.   Der wirkliche Verbrecher iſt
jener Marcheſe Oruna, in dem ſich, wie man ermittelt
hat, in der That der illegitime Erbe verbirgt, welcher
Anſprüche auf den Thron der Fürſten von O* erhebt.
Gelang die kühne That — und es fehlte wenig, ſie
wäre vollſtändig gelungen — ſo würde Graf von Weck=
hauſen als ein reicher Mann von ſeiner gewagten Ver=

mittler= ober, wenn Sie lieber wollen, von seiner zwei=
beutigen Hehlerrolle zurückgetreten sein und völlig makellos
in der Gesellschaft dagestanden haben."

„Ich bitte um Schonung meiner Nichte", bat Rüterfen,
als er den Obergerichtsrath verließ. „Das Kästchen ist
doch noch in Ihren Händen?"

„Gewiß", sagte Bornstein, dem erschütterten Greise
die Hand drückend. „Und damit es in die Hände keines
Unberufenen und Uneingeweihten komme, werde ich Sorge
tragen, daß es dem Grafen zu rechter Zeit wieder ein=
gehändigt wird."

„Sie wollten? . . . Können, dürfen Sie die Groß=
muth so weit treiben? . . ."

„Verlassen Sie sich ganz auf meine Vorkehrungen,
Herr Domcapitular", fiel Bornstein ein. „Sie entsprechen
vollkommen dem Ziele, das wir erreichen müssen. Und
da ich voraussetzen darf, daß auch der Graf in dieser
Stunde bereits von dem wahren Stande der Angelegen=
heit unterrichtet ist, wird er mich gewiß verstehen und
sich meinen Anordnungen durchaus nicht widersetzen. Als
Mann von Erziehung wird er im Augenblick des Unglücks
erkennen, was er dem guten Ton und der Ehre seines
Standes schuldig ist."

9. Das Ende.

Rosaura war früher als Aurelio auf ihren schönen Landsitz zurückgekehrt. Hier fand sich ein Schreiben Bornstein's vor, welches die Anzeige enthielt, daß ihr Gatte in Folge eingetretener Umstände wahrscheinlich spät, vielleicht auch gar nicht die Stadt werde verlassen können. Eine plötzlich eingetretene Trauerbotschaft aus seinen fernen Besitzungen fordere ein längeres Verweilen des Grafen, um sogleich die nöthigen Weisungen zu geben. Bornstein fügte hinzu, Graf von Weckhausen habe ihn als Freund gebeten, der Gräfin diese Mittheilung zu machen.

Zwar wunderte sich Rosaura über diese Nachricht, besonders auffällig erschien sie ihr jedoch nicht. Sie kannte die intime Verbindung ihres Gatten mit dem Obergerichtsrathe und vermuthete deshalb, Aurelio werde den Rath, wo nicht die Vermittelung des Freundes bedurft haben, um etwaigen Verlusten in Zeiten vorzubeugen.

Sehr erfreut war die Gräfin, als Aurelio kurz vor Mitternacht noch seine Behausung betrat, nur sein Aussehen flößte ihr Schrecken ein. Es mußte ihm in der That etwas Entsetzliches zugestoßen sein, sonst hätte der blühende Mann, den sie nur froh und glücklich zu sehen gewohnt war, sich innerhalb weniger Stunden nicht so auffallend verwandeln können.

„Entdecke mir Dein Leid, Aurelio", flehte Rosaura mit schmeichelndem Liebestone. „Es wird Dir leichter werden, wenn Du Deinen Schmerz, Deinen Kummer mit mir theilst'"

„Morgen sollst Du Alles erfahren", erwiederte der Niedergeschlagene. „Morgen nach dem Souper."

„Wäre es nicht besser, wir ließen absagen? Der Oheim würde gern dafür Sorge tragen."

„Nein", sagte Aurelio fest. „Ich wünsche nicht, daß dieser Unfall, der meine Existenz gefährden kann, im Publicum bekannt wird. Die Nachricht hat mich, weil sie zu unerwartet kam, allerdings überrascht, bis morgen Abend jedoch habe ich mich wieder gefaßt und ich werde fest sein in meinen Entschließungen."

„Kann Bornstein nichts für Dich thun? Er schreibt doch so liebreich, so theilnehmend über Deinen Unfall! Lies selbst."

Rosaura reichte Aurelio das Billet des Obergerichts=rathes, der es zerstreut, mit irrenden Blicken überflog. Ohne Antwort gab er es dann der Gräfin wieder zurück.

„Du scheinst mit den Vor= oder Rathschlägen unseres Freundes nicht einverstanden zu sein," sagte Rosaura schüchtern.

„Doch, doch," erwiederte Graf von Weckhausen.
„Er meint es sehr gut, denn er ist zum Entsetzen ehrlich!
Nun aber laß uns zur Ruhe gehen! . . . Der Schlaf
wird mich erquicken, und über Nacht kommen mir wohl
auch gute Gedanken! . . ."

Rosaura, obwohl von dem seltsamen Wesen ihres
Gatten beunruhigt, entschlief bald, Aurelio aber blieb
wach. Er stellte sich schlafend, bis er sich überzeugt
hatte, daß Rosaura fest entschummert sei.

Darauf erhob er sich von seinem Lager und begab
sich nach seinem Zimmer. Hier wühlte er geraume Zeit
in Papieren, von denen er eins bei Seite legte. Dann
öffnete er den eleganten Schrank, in welchem eine Menge
werthvoller Gold = und Silbergeräthschaften aufbewahrt
wurde, theils Geschenke, die das gräfliche Paar bei seiner
Vermählung erhalten hatte, theils Gegenstände von
denen, welche Aurelio von dem gennesischen Hause an
Zahlungsstatt erhalten haben wollte. Unter diesen Werth=
sachen b . . sich auch der kunstvoll gearbeitete Pokal,
den der ..omcapitular für ein Werk Benvenuto Cellini's
oder eines seiner Schüler hielt.

Aurelio nahm diesen Pokal, ergriff dann das Papier,
öffnete es und rieb die starke goldene Höhlung so stark
damit aus, daß es sich unter dem Druck seiner Finger
fast ganz auflöste. Dann suchte er zum zweiten Male

fein Lager auf, das er nicht eher, als am Morgen wie=
der verließ. -

Rofaura's Antlitz überflog ein glückliches Lächeln, als
fie Aurelio beim Erwachen dem äußeren Anschein nach
ganz heiter erblickte. Nur in feinem Auge dämmerte
bisweilen eine Wolke, die es vorübergehend trübte.

Von den beunruhigenden Mittheilungen war zwischen
dem gräflichen Paar nicht die Rede. Rofaura schmückte
fich mit Sorgfalt für die Abendgesellschaft bei ihrem
Oheim und bestieg hoffnungsmuthig mit Aurelio den
Wagen, welcher Beide nach der Stadt trug. —

Die nur aus wenigen Personen bestehende Gesellschaft
war belebt, und der Graf von Weckhausen trug, wie man
dies schon an ihm gewohnt war, viel bei zu deren Un=
terhaltung. Da er fich gewissermaßen als Wirth des
Hauses betrachten durfte, übernahm er auch bereitwillig
die Pflichten eines solchen.

Mit Bornstein wechselte Aurelio nur wenige Worte,
desto öfter ruhten feine Blicke auf diesem. Dieser
behandelte dafür Rofaura mit ausgesuchter Aufmerksam=
keit, die man für gewöhnlich an dem fehr ruhigen Manne
eher vermißte. Dem Grafen, dem diese Aufmerksamkeit
nicht entging, entlockte fie nur ein Lächeln.

„Sie haben mir einen fatalen Streich gespielt, Herr
Simonides,‟ redete Aurelio den Juwelier an, als er

mit demselben zusammentraf. „Ich werde Sie dafür strafen.‟

Simonides lächelte ebenfalls, sein Auge aber glitt düster und traurig von der vornehmen Erscheinung des Grafen auf die liebliche Rosaura, die wie eine Fee den Salon durchwandelte, und durch ihre Grazie und Liebenswür= digkeit Jeden bezauberte.

„Du hast etwas vergessen, Geliebte,‟ flüsterte der Graf seiner Gattin im Vorübergehen heimlich zu.

„Was könnte das sein?‟ entgegnete Rosaura.

„Der Pokal, der bei keinem frohen Mahle fehlen soll.‟

„Bitte, verzeihe mir!‟

„Du warst zu beschäftigt und wohl auch zu aufge= regt, Theuerste,‟ fuhr der Graf fort. „Zum Glück dachte ich an den Becher und habe ihn mitgenommen. Du wirst ihn auf der Tafel wieder finden.‟

„Wie dank' ich Dir!‟ rief Rosaura froh bewegt und drückte Aurelio zärtlich die Hand.

„Wir wollen diesen Kelch, wie immer, wenn wir glücklich waren, zusammen leeren,‟ sprach der Graf. „Wie er uns bindet, so wird er das auf Momente mir untreu gewordene Glück uns auch wieder zurückführen.‟

Rosaura entfernte sich mit lächelndem Augenwink, da sie Bornstein herankommen sah.

„Ich habe mir erlaubt, Herr Graf,‟ redete der

Obergerichtsrath Aurelio an," noch einen Gast Ihnen zuzuführen, einen Bekannten, der Ihnen zu Dank verpflichtet ist."

Der Graf verbeugte sich, ohne etwas zu erwiedern.

„Sie werden erstaunt sein über diese Bekanntschaft," fuhr Bornstein fort, „Ich verspreche aber, Ihnen jeden gewünschten Aufschluß zu geben, das heißt, wenn Sie es für nöthig erachten sollten."

Aurelio's Antwort bestand in einer abermaligen stummen Verbeugung.

„Finden Sie nicht," ergriff der Obergerichtsrath von Neuem das Wort, „daß Herr Simonides in merkwürdig gedrückter Stimmung zu sein scheint?"

Aurelio verneinte.

„Ganz gewiß, er ist nicht heiter," betheuerte Bornstein. „Zufällig kenne ich auch den Grund seiner Verstimmung."

„Was wäre Ihnen nicht bekannt!" sagte Graf von Weckhausen.

„Ich weiß allerdings Manches, was Andern verborgen bleibt," fuhr der Obergerichtsrath fort, „doch halte ich dies für kein Verdienst. Es ist das natürliche Ergebniß der Stellung, die ich einnehme."

Er zog jetzt den Grafen mit sich in eine Fensternische, und hier ihn festhaltend, sagte er schnell:

„Man hat bei dem Juwelier in aller Stille ver=
gangene Nacht Haussuchung gehalten , ...‟

Aurelio ward ungeduldig. Er wollte gehen, Born=
stein aber legte seinen Arm in den des Grafen.

„Die Diamanten und andern Edelsteine aus dem
Diadem der fürstlichen Familie von O* sind zum Theil
in den Besitz des Herrn Simonides übergegangen. —
Der Mann, welcher sie ihm zu Kauf und Tausch anbot,
ist ein vornehmer Herr . . . der Marchese . . . ‟

„Marchese Oruna!‟ meldete in diesem Augenblick
der Bediente, die Flügelthür öffnend, und herein trat,
von noch einem andern Herrn begleitet, der Genannte.

„Ach, Marchese Oruna!‟ wiederholte Bornstein.
„Sie haben auf sich warten lassen.‟

Der Graf zitterte als das Auge des Marchese ihn
traf.

Rosaura erschrak ebenfalls und ward bleich.

„Gnädige Gräfin,‟ fuhr Bornstein fort, dem Be=
gleiter des Marchese einen verhüllten Gegenstand ab-
nehmend, „Sie erlauben, daß ich behülflich bin, den
Grafen eines Versprechens zu entbinden, das ihn lange
schon drückt. Sie erhielten eines Tages ein Kästchen von
Ebenholz, in dem sich ein sehr alter Schmuck befand.
Der Graf, welcher Sie mit diesem Geschenk überraschte,
wollte den Schmuck mit einem modernen entweder ver=

tauſchen, oder ihn anders faſſen laſſen. Zu dieſem Be=
hufe erhielt ihn Herr Simonides vor einiger Zeit. Leider
hat ſich nun aber ein Unglücksfall ereignet. Der Schmuck
iſt verſchwunden . . . ."

„Verſchwunden? . . . ." rief mehr als eine Stimme.

Graf von Weckhauſen trat in den glänzend erhellten
Speiſeſaal, der jetzt von den Bedienten geöffnet wurde.

„Ja, verſchwunden!" betheuerte Bornſtein. „Das
Verſchwinden ſcheint eine eigenthümliche Eigenſchaft dieſes
alten Schmuckes zu ſein, denn ſchon einmal verſchwand
er anderwärts . . . aus dem Schatze der Fürſten von
D* . . . ."

„Er ward geraubt?" rief Roſaura aus. „Und
Aurelio . . . ."

„Gnädige Frau Gräfin", fiel Bornſtein der Er=
ſchrockenen in's Wort, „die Kobolde, welche bei jenem
ſeltſamen Verſchwinden thätig waren, hielten nicht reinen
Mund. So ward es möglich, den verſchwundenen
Schatz zu entdecken. Aber ſeltſam, kaum ward er durch
Simonides ermittelt, als der werthvolle Inhalt des Ihnen
bekannten Käſtchens ſich verwandelte. Beweis genug, daß,
wie der Herr Graf behauptet, Geiſterhände bei dem
Verſchwinden thätig ſein mußten."

Aurelio lehnte an der Tafel und ergriff wie ſpielend
den goldenen Becher.

„Der Herr Graf mag sich von der Wahrheit meiner Worte überzeugen", fuhr der Obergerichtsrath fort. „Der Marchese wird die Güte haben, das Kästchen vor ihm zu öffnen und zugleich die Bitte an ihn richten, den jetzigen Inhalt desselben brüderlich mit ihm zu theilen."

Auf einen Wink Aurelio's schenkte ein Diener ihm Wein in den alten Becher. Der Graf leerte den Pokal in einem Zuge. Gleichzeitig trat der Marchese an den Wankenden, der Deckel des Kästchens mit der Krone sprang auf, und da, wo sonst der Schmuck gelegen hatte, befanden sich jetzt zwei Paar glänzende Handfesseln von Stahl . . . .

Aurelio zuckte zusammen. Seine ausgestreckte Hand erfaßte den Deckel und drückte ihn wieder zu, ehe noch Einer der Anwesenden den Inhalt des Kästchens erblicken konnte. Dann ward er bleich, röchelte und sank unter krampfhaftem Zittern auf den nächsten Stuhl.

Der Domcapitular stand neben ihm. Noch einmal schlug er das Auge auf und flüsternd vernahm Rosaura's Oheim von dem Sterbenden die Worte:

„Ich habe . . . gefehlt! . . . Der Marchese . . . der illegitime Erbe des Fürstenthrones von O* . . . . ver= leitete mich . . . Rosaura . . . darf nichts erfahren . . . . ."

Nach einigen Athemzügen war Aurelio eine Leiche.

Marchese Oruna ward ohne Aufsehen abgeführt durch

das sichere Geleit, das seiner in den Vorzimmern harrte. Die übrigen Anwesenden waren zu sehr bestürzt, um sich den innern Zusammenhang des Geschehenen erklären zu können. . . . Es hieß allgemein, Graf von Weckhausen sei vor Schreck am Schlage gestorben. Man sagte, ein Todtenkopf mit brillantenem Schmuck habe in dem Käst= chen gelegen, und Kopf und Schmuck habe der Graf ge= kannt . . .

Vom Marchese Oruna hörte man nichts mehr. Aurelio ward ohne Gepränge beerdigt und Rosaura reiste wenige Tage später in Begleitung ihres Oheims in's Ausland.